KB179361

표적

# 표적

돈 펜들턴 지음
한국첩보문학협회 옮김

## 10

비밀회담

부자나라

# 표적

**⑩ 비밀회담**

**초판1쇄 인쇄**  2016년 10월 20일
**초판1쇄 발행**  2016년 10월 21일

**지은이**  돈펜들턴
**옮긴이**  한국첩보문학협회
**펴낸이**  박대용
**펴낸곳**  도서출판 부자나라

**디자인**  디자인 상상(kkt9512@hanmail.net)

**주소**  10882 경기도 파주시 교하읍 산남리 292-8
**전화**  031)957-3890, 3891, **팩스**  031)957-3889
**이메일주소**  zinggumdari@hanmail.net

**출판등록**  제406-2104-000069호
**등록일자**  2014년 7월 23일
**ISBN**  979-11-87475-08-8    04840
       979-11-953288-8-8    04840 (세트)

# 차 례

비밀 회담

# 1
## 전투 개시

마침내 전투를 개시해야 할 때가 왔다.

맥 보란은 소극적으로 전투를 벌이는 사람은 아니었다. 그는 돌개바람처럼 적진으로 내달아서 미처 기습에 대처하지 못한 적들이 허둥거리는 사이에 재빨리 적의 요새를 쑥대밭으로 만들어 죽음의 침묵 속에 잠재운 다음 소기의 목적을 달성하는 타입이었다. 바로 그런 전투를 다시 벌여야 할 때에 이르렀음을 보란은 피부로 느끼고 있었다.

샌프란시스코에 도착한 후 사흘 동안 보란은 전투에 필요한 정보를 수집하고 전투를 개시할 적절한 장소를 물색하면서 조용하게 지냈다. 한편으론 적의 얼굴을 익히고 다른 한편으로는 놈들을 계열별, 계급별, 기능별로 분류하여 이미 확보해 놓은 정보들과 비교 분석하는 작업을 했다.

사흘째 되는 날 밤, 마침내 보란은 행동을 개시했다. 그는 지금 샌프란시스코의 북쪽 해변 외곽에 있는 한 고급 나이트클럽을 감시하며 세 시간 이상을 잠복해 있는 중이었다.

보란의 어깨에 걸친 권총 벨트의 오른쪽에는 모제르 권총 한 자루가 총구를 아래로 향한 채 꽂혀 있었고 왼쪽에는 사랑스런 베레타가 얌전히 쉬고 있었다. 베레타는 프랑스 전투 때 입수한 것으로 보란이 특별히 아끼는 9구경의 자동 권총이었다. 보란은 그 두 자루의 권총에 사용될 예비 탄창을 허리에 차고 있었다. 그뿐만 아니었다. 세열(細裂) 수류탄과 조명탄도 탄창과 함께 매달아 놓았고, 또한 발치에는 폭발력이 대단한 폭탄이 담긴 자루가 누워 있었다.

지금 보란이 지켜보고 있는 나이트클럽은 사면을 둘러싼 아스팔트 주차장 때문에 이웃의 건물들로부터 완전히 고립된 상태였다. 주차장은 대략 2에이커 가량 되어 보였다. 주차장 중앙에 위치한 나이트클럽으로 들어가려면 관목숲 사이로 구불구불하게 뻗은 오솔길을 따라가야 했다. 그리고 그 나이트클럽의 둘레에는 인공으로 만든 개울이 건물을 한 바퀴 감돌아 나가고 있었다.

그 나이트클럽은 서양식과 동양식을 절충해서 지은 건물로 차이나 가든이라 불렸다. 건물은 좌우로 길게 뻗어 있는데 그 한쪽은 식당이었다. 차이나 가든의 식당에선 미국에서밖에 구경할 수 없는 미국식 중국 요리를 전문으로 하고 있었다. 건물의 다른 한쪽은 댄스홀과 라운지였다. 그곳의 웨이트리스나 호스티스들은 모두 귀염성 있는 얼굴과 아담한 몸매를 지닌 중국 아가씨들이었다.

건물 중앙은 탑 모양으로 지어져 있었다. 끈끈한 향락의 불꽃이 이글거리는 나이트클럽에는 신성한 이미지를 가진 탑의 형상

이 전혀 어울리지 않는다는 것을 건물 주인에게 일깨워준 사람
이 아무도 없었던 모양이었다. 하긴 차이나 가든에 드나드는 손
님들 중 건물의 모양이나 탑이 지니는 신성한 의미 따위에 신경
을 쓰는 사람이 있을 것 같지도 않지만.

그러나 보란은 눈살을 찌푸리지 않을 수 없었다.

차이나 가든은 꽤 장사가 잘되고 있는 듯싶었다. 보란은 이미
낮에 그곳을 정찰했었다. 이른 봄의 화사한 햇살 아래 웅크리고
있는 그 건물은 음침하게 느껴졌었다. 그러나 밤의 장막이 드리
워지면서부터 그곳은 생기를 되찾기 시작해서 도시가 완전히 어
둠에 휩싸인 시각에는 달빛을 받고 피어난 밤의 꽃처럼 화려하
고 활기에 찬 모습으로 변신해 있었다.

차이나 가든은 바가지를 씌우는 술집을 얼른 분간하지 못하는
순진한 손님들이 멋모르고 찾아들기 꼭 알맞게 꾸며져 있었다.
손님들은 계산서를 받아쥔 순간에야 터무니없이 비싼 술값에 아
연해져서 멍청하게 입을 벌리고 그곳이 어떻게 영업을 해나가는
지를 겨우 깨닫곤 했다.

게다가 차이나 가든은 단순히 손님들에게 바가지나 씌워 적자
를 메꿔 가는 흔해 빠진 주점이 아니었다. 그곳은 샌프란시스코
의 암흑가로 통하는 여러 갈래의 길이 교차되는 장소이기도 했
다. 다시 말해 그 도시를 무대로 활동하고 있는, 베일에 가려진
녀석들이 한가한 시간을 때우는 장소였다. 차이나 가든에는 항
만 지구(地區)의 도박왕과 버클리 지구의 마약 밀매 담당 두목,
그리고 행동 대원 몇 놈과 연락원들이 뻔질나게 들락거리고 있
었다.

그런 까닭에 보란은 지난 사흘 동안 차이나 가든을 철저하게

정찰했었고 그곳이 샌프란시스코에서의 전투의 시작을 알리는 팡파르를 울리기에 가장 안성맞춤인 장소라는 결론을 내렸었다.

나이트클럽은 이미 한 시간 전에 장사를 끝냈고 손님들과 종업원들은 모두 돌아가 버렸다. 그렇다고 그 안에 사람이 전혀 없는 것은 아니었다. 적지 않은 숫자의 사내들이 아직도 차이나 가든에 남아 있었는데 그들이야말로 보란이 이제부터 시작하려는 전투의 표적들이었다.

차이나 가든에 남아 있는 사내들 중 조니 리아노는 젊은이들이 정치에 염증을 느끼고 마약으로 눈을 돌리기 시작한 1960년대의 끝무렵부터 마약 밀매업에 손을 대 짭짤하게 재미를 본 사내였다.

피트 트라치니는 고리 대금업으로 리치먼드에서 돈을 끌어 모은 녀석인데 자신이 소유하고 있는 현찰이 아메리카 은행의 지불 준비금보다 더 많다고 자랑삼아 떠벌리곤 했다.

그들 두 거물 외에도 열 명 남짓한 조무래기 전투원들이 건물 안에 남아 있었다. 그들 가운데 몇 명은 리아노와 트리치니의 개인 경호원들이었다. 그들은 자신의 보스가 화장실에 갈 때에도 그 곁을 떠나지 않는 그림자와도 같은 존재였다.

나이트클럽은 거의 불이 꺼진 상태였다. 차이나 가든이라는 네온사인도 오래 전에 꺼져서 어둠 속에 희미하게 그 윤곽만 드러내 놓고 있었다. 불이 켜져 있는 곳은 건물 중앙에 있는 이층 탑뿐이었다. 그나마 그곳도 위층만 희미하게 밝혀져 있었다.

주차장은 나이트클럽의 뒷문 쪽에 주차해 있는 승용차 몇 대를 제외한다면 텅 빈 채였다. 전등 하나만이 외롭게 어둠을 밝히고 있었다. 그나마 안개 때문에 그 전등은 마치 허공에 떠 있는 공처럼 보였다. 주차장은 지금 음산하게 느껴질 정도의 정적 가운데 묻혀 있었다. 샌프란시스코에서만 느낄 수 있는 새벽녘의 습한 대기 속에 안개가 뒤섞여 어떤 신비한 분위기마저 느끼게 해주었다.

차이나 가든으로부터 한 블록쯤 떨어져 있는 커피 하우스의 불빛과 간간이 도로를 지나다니는 자동차의 헤드라이트 불빛도 이 세상의 것이 아닌 것처럼 여겨졌다.

보란은 건물 중앙부의 이층 창문에 가끔씩 어른거리는 그림자들을 지켜보며 이제부터 벌일 전투의 전략을 구상하고 있었다. 그는 직접 안으로 쳐들어갈 작정이었다. 달리 선택할 여지가 없다고 판단했기 때문이었다. 적이라고 여겨지는 상대는 닥치는 대로 거꾸러뜨리면서 적들이 당황해 하는 틈을 타서 재빨리 빠져 나올 계획이었다.

보란은 숨을 깊이 들이마셨다. 그는 숨어 있던 그늘에서 빠져 나와 목표를 향해 조용히 이동해 갔다. 주차장을 지나서 건물 뒤쪽으로 소리없이 움직이던 보란이 걸음을 멈춘 곳은 불이 밝혀진 탑의 뒷문 바로 앞이었다.

이층 창문에 어른거리는 그림자들은 그날의 매상액을 계산하여 이익을 분배하고 내일도 악착같이 긁어 들이자는 검은 속셈을 다짐하고 있음에 틀림없었다.

보란은 발치에 놓인 폭발물 자루를 움켜쥐었다.

「자, 받아라!」

보란은 폭발물 자루를 빙글빙글 돌린 후 힘껏 내던졌다. 자루는 어둠 속에 포물선을 그으며 건물을 향해 날아갔다.

보란은 재빨리 뒤로 물러섰다. 바로 그때 그는 한 여자의 모습을 발견했다. 그 여자는 건물의 그림자 속에서 불쑥 나타나 보란 쪽으로 걸어오고 있었는데 미처 보란을 보지 못한 것 같았다. 그녀는 중국 여자인 듯 몸에 꼭 끼는 차이나식 원피스 차림이었다. 어둠과 안개 속에 떠오른 그녀의 실루엣은 앙증맞은 인형을 연상시켰다.

보란은 그 순간 전신이 얼어붙는 것 같았다. 마피아들 외엔 어느 누구도 다치거나 죽게 해서는 안 된다는 게 그의 전투 원칙이었다.

보란은 더 이상 망설일 여유가 없다고 판단하고 번개처럼 몸을 날려 여자를 덮쳤다. 아닌 밤중에 홍두깨같이 달려든 사내에게 깔린 여자는 발버둥을 치며 보란을 밀어내려 했다. 그러나 보란은 부드럽게 솟아오른 여자의 가슴을 누르며 필사적으로 땅바닥에 들러붙었다.

곧 이어 유리창이 박살나는 소리와 함께 폭음이 밤의 정적을 찢어 놓았다. 건물의 지붕이 산산조각 나면서 하늘로 솟아올랐다. 불기둥이 치솟아오르며 건물 주위에 도사리고 있던 어둠을 몰아냈다. 여자는 그제야 사태를 깨달은 듯 몸부림을 멈추었다.

건물 안에서는 겁에 질린 사내들의 비명이 터져 나왔다. 제 무게를 견디지 못한 벽들이 음산한 소리를 내며 무너져 내렸다. 보란은 눈으로는 좀더 안전해 보이는 장소를 찾으며 여자의 손을 잡아끌었다. 앞자락이 터진 차이나식 원피스 사이로 뻗어나온 여자의 미끈한 넓적다리가 불빛을 받아 분홍빛으로 번들거렸다.

「빨리 도망가시오!」

보란은 비틀거리는 여자를 어둠 속으로 떠밀며 소리쳤다.

여자가 둥근 엉덩이를 좌우로 흔들며 허겁지겁 뛰어가는 걸 잠시 지켜본 보란은 반대 방향으로 돌아서서 달려갔다. 악마의 혓바닥 같은 불길이 향락의 나이트클럽을 당장에라도 삼켜 버릴 듯 너울거리는 가운데, 사내들이 건물 밖으로 빠져 나오려고 안간힘을 쓰고 있었다.

「그놈이다!」

건물 뒷문에서 뛰쳐나오던 한 사내가 보란을 발견하고는 쥐어짜는 목소리로 외쳤다.

사내의 절박한 외침에 대답이라도 하듯 보란이 움켜쥔 권총에서 뜨거운 불꽃이 터졌다. 사내는 피거품을 뿜어 내며 그 자리에 나동그라졌다. 그 사내의 뒤를 이어 나오던 두 명의 사내들도 보란의 선물을 가슴에 안고 널브러졌다.

그때 건물 앞쪽에서 또 한 사내가 나타났다. 사내는 보란과 마주치자 전신이 굳어 버린 듯 우뚝 제자리에 서더니 간신히 몇 걸음 뒷걸음질쳤다. 그 사내는 떨리는 손으로 권총을 뽑아 들고 어둠 속에 서 있는 맥 보란을 향해 마구 총알을 날렸다. 그러나 그가 쏜 총알들이 목표를 못 찾고 허둥대는 사이에 보란의 권총에서 발사된 뜨거운 납덩이들이 사내를 저 세상으로 보내고 말았다.

보란은 널브러진 사내들을 피하여 잽싸게 자리를 옮겼다. 건물 모퉁이를 돌아나오려던 두 사내는 날카로운 휘파람 소리를 듣는 순간 죽음의 길로 들어섰다.

불꽃과 연기에 에워싸인 건물 안에서 한 사내가 뛰어나왔다. 그러나 그 사내는 보란을 본 순간 차라리 타오르는 불길 속이 더 안전하다고 판단했는지 재빨리 현관문을 열고 안으로 들어가 버렸다.

혼란이 극에 달한 건물의 안팎은 지옥 그 자체였다. 불꽃이 넘실대는 가운데 악머구리 끓듯 비명이 터져 나왔다. 그 비명을 가르며 새로운 소리가 들려 왔다. 그것은 보란이 벌인 전투의 현장에 으레 찾아드는 경찰차의 사이렌 소리였다.

어선 정박장 쪽에서 사이렌 소리가 들리자 사내를 쫓아 건물 안으로 들어가려던 보란은 재빨리 주차장 쪽을 향해 달려갔다. 그는 뒹굴고 있는 시체 중 하나에 저격수 메달을 쥐어준 후 보도를 따라 후퇴하기 시작했다.

나이트클럽 건물에서 새로운 폭발이 일어나며 시커먼 연기와 주홍색 불길이 하늘을 삼킬 듯 치솟아올랐다. 사이렌 소리는 점점 가까이 다가들고 있었다. 게다가 사이렌 소리는 한 방향에서만 들리는 게 아니라 사방에서 몰려들었다. 보란은 놀랄 만큼 빠르게 반응을 보여 오는 그곳 경찰들의 기동력에 새삼 경탄을 금치 못했다. 숱하게 전투를 치러온 보란이었지만 그처럼 어려운 사태에 직면해 보기는 처음인 듯싶었다. 시간이 흐를수록 무사히 그곳을 빠져 나갈 수 있는 가능성은 점점 더 희박해질 것이다.

자동차들이 도착하기 시작했다. 차에서 쏟아져 내린 사람들은 삼삼 오오로 모여 서서 불길에 휩싸인 나이트클럽을 바라보며 웅성댔다. 그들 중 한 사람이 검은 전투복 차림의 키 큰 사내를 발견했다. 그 사람은 보란을 발견한 순간 눈에 띄게 당황하며 애써 눈길을 돌려 버렸다.

보란은 얼른 그 자리를 벗어나 불빛이 닿지 않는 그늘 속에 스며들었다. 경찰차의 뒤를 따라 소방차까지 동원된 듯 이젠 숨가쁜 소방차 사이렌 소리가 어지럽게 들려 왔다.

보란은 너무 시간을 오래 끌었다고 생각했다. 그는 전투가 끝난 뒤 현장에서 우물쭈물하고 있다간 어떤 결과를 맞게 되는지를 누구보다도 잘 알고 있었다. 더욱이 지금은 사방에서 요란한 사이렌 소리가 몰려오고 있다. 경찰들은 화염에 싸인 건물 앞에 속속 모여들었고 한 사내가 손짓을 해가며 명령을 내리는 모습이 보였다. 그들은 맥 보란의 숨통을 죄기 위한 추격대를 편성한 것 같았다.

잠시 후면 경찰과 소방대에 의해 그 일대가 완전 봉쇄될 것은 너무도 분명한 일이었다. 만약 경찰의 포위망을 뚫지 못한다면 보란의 운명은 비참해진다. 경찰에 체포된다 하더라도 어쩌면 경찰 속에 잠입해 있는 마피아들에 의해 재판도 받기 전에 놈들의 손아귀로 넘어가게 될지도 모르는 것이 보란의 운명이었다.

마피아의 생리로 보아 보란이 그들에게로 넘어간다면 놈들은 인간이 할 수 있는 가장 참혹한 방법으로 보란을 처치할 것이다.

보란은 드디어 올 것이 오고야 말았다고 생각했다. 옴쭉달싹할 수 없는 그물에 걸려든 것 같은 느낌이 전신을 휘감아 내렸다. 언젠가는 지금과 같은 경우를 만나리라고 생각해 왔었다. 고향 피츠필드에서 마피아를 상대로 싸움을 벌이던 그 당시부터 보란은 죽음의 그림자와 함께 움직여 왔었다. 자신의 죽음이 언제 찾아오느냐는 것은 오로지 시간상의 문제일 뿐이라고 생각하고 있었던 것이다.

이번의 전투에서도 탈출할 구멍은 있었다. 그 중국 여자가 나타나지만 않았더라면 지금쯤 보란은 현장에서 멀찍이 물러앉아 자신이 터뜨려 놓은 전투의 결과를 관망하고 있을 터였다. 하지만 전투에서는 언제나 예측하지 못했던 사태가 발생하게 마련이

고 그것을 극복하는 길은 냉철한 정신력과 순발력뿐이었다. 그
런데 오늘은 시간을 너무 많이 끌었기 때문에 일이 엉뚱한 방향
으로 흘러가고 말았다.

그러나 아무리 상황이 절박하다 할지라도 쉽게 포기할 수는
없었다. 보란은 그 자리에 꼼짝도 하지 않고 서서 앞을 노려보았
다. 지옥의 한 모퉁이에서 보란의 본능은 생존의 길을 찾아 바삐
움직이고 있었다.

그때 보란의 눈앞에 낯익은 실루엣이 나타났다. 어둠 속에서
보란 쪽으로 다가오고 있는 사람은 완벽하게 균형 잡힌 몸매를
가진 여자였다. 그녀는 조금 전에 보란이 구해냈던 바로 그 중국
아가씨였다. 그녀의 손에서 조그만 쇠붙이가 불빛을 받아 반짝
거렸다.

「당신은 내 적이 아니오.」

보란은 자신의 코 앞까지 다가온 여자에게 나지막이 말했다.
어른거리는 불빛에 드러난 그녀는 상당한 미인이었다.

「그래요. 오히려 친구가 될 수도 있을 거예요.」

그녀의 목소리는 침착했다.

「적이 될 것인지 친구가 될 것인지 빨리 결정하는 게 어떻겠
소?」

보란은 여자의 손에 들린 권총을 내려다보았다.

「그 결정은 당신이 해야 해요.」

여자의 말에 담긴 의미를 생각하느라 보란은 잠시 침묵을 지
켰다. 살아 있는 인형 같은 여자가 다시 입을 열었다.

「절 믿는다면 따라오세요.」

보란은 갸름한 동양 미녀의 얼굴을 가만히 들여다보았다. 지

금 자신이 처해 있는 상황은 희망이라곤 조금도 찾아볼 수 없는, 죽음의 그림자만 짙게 드리워진 것이었다. 이번 전투의 시작은 그럴 듯했지만 어쩌면 시작 그 자체로 전투의 막이 내려질지도 모른다는 생각이 보란의 가슴속을 언뜻 스치고 지나갔다.

「좋소. 앞장서시오.」

보란은 가볍게 한숨을 내쉬었다.

중국 여자는 보일듯 말듯한 미소를 지었다. 그녀는 잘 손질된 정원의 어둠 속으로 거의 뛰다시피 걸어가 아무런 망설임도 없이 우거진 정원수 사이로 익숙하게 전진했다.

보란은 정체를 알 수 없는 여자의 뒤를 따라가면서 일단 이 여자를 믿을 수밖에 다른 도리가 없다고 생각했다. 그녀가 이끄는 길의 끝이 설사 지옥과 맞닿아 있다 할지라도 어쩔 수 없는 일이었다. 어차피 보란이 선택할 수 있는 여지는 없었고 그 어떤 길을 택하건 결국엔 죽음으로 연결될 것이기 때문이었다. 다만 지금 그가 바라는 것은 그 여자가 자신을 안내하는 길이 좀더 넓고 밝은 길이었으면 하는 것이었다.

보란은 샌프란시스코의 안개 속으로 뚫린 길──그것이 구원의 길일지 죽음의 길일지는 모르겠지만──을 걸어가며 한 가지 사실만은 분명히 깨달을 수 있었다. 어쨌든 그는 또 하나의 전투에 불을 질렀다는 사실을.

# 2
## 참모 회의

불길에 휩싸인 차이나 가든의 주위는 샌프란시스코에 있는 소방 장비가 거의 다 동원된 듯 몹시 혼잡스러웠다. 건물의 모든 창문에서는 불꽃과 매캐한 연기가 쏟아져 나왔고 소방 호스에 매달린 사내들이 불길을 잡느라 쩔쩔매고 있었다. 소방수들 중에는 방열복을 걸치고 산소 마스크를 착용한 사내들도 많았다.

차이나 가든이 이웃으로부터 멀리 떨어져 있었던 것은 불행 중 다행이었다. 그렇지 않았더라면 북쪽 해안 일대는 불바다로 변해 버렸을 것이었다.

빌 필립스 경사는 응급 구조반이 자리잡고 있는 곳에서 안절부절못하고 서성거리며 사건의 원인을 나름대로 분석해 내려 애쓰고 있었다.

「빨리 불을 꺼야 현장을 둘러볼 수 있을 텐데……. 에잇, 빌어먹을!」

그는 몹시 초조한 듯 얼굴을 잔뜩 찌푸린 채 손바닥을 비벼댔다.

응급 구조반이 해야 할 일은 거의 없었다. 살려내야 할 사람이 없었기 때문이었다. 그곳에 실려온 것은 이미 숨이 끊어진 시체들뿐이었다. 총에 맞은 사내가 네 명이었다. 건물이 내려앉을 때 깔려 죽은 사람의 수는 아직 확인되지 않은 상태였다.

그때 또 한 대의 경찰차가 달려 들어와 급정거를 했다. 동시에 차의 문이 벌컥 열리더니 덩치가 커다란 한 사내가 내렸다. 그는 샌프란시스코 항만 지구 경찰서장인 버니 깁슨 경감이었다. 그의 얼굴에는 세상의 단맛 쓴맛을 다 본 사람만이 지닐 수 있는 깊은 연륜이 새겨져 있었다.

깁슨 경감은 특히 흑인을 싫어했다. 그런 경감의 성격을 흑인이면서 눈치 빠른 필립스 경사가 모를 리 없었지만, 상황이 상황인 만큼 개인 감정에 얽매여 보고를 못 할 이유가 없다고 판단했기 때문에 먼저 말을 건넸다.

「굉장한 사건이 터진 것 같습니다, 서장님.」

「어떻게 된 일인가?」

깁슨 경감은 무뚝뚝하게 물었다.

「글쎄요, 현재로선 뭐라 말할 수 없습니다. 아직 현장을 둘러보지 못했습니다. 전 사건이 터졌을 때 마침 근처에 있었기 때문에 곧장 달려올 수 있었습니다. 그렇지만 사건이 일어난 원인은 모르겠군요. 보시다시피 온통 뒤죽박죽 아닙니까? 서장님 생각은 어떻습니까?」

필립스 경사는 거구의 사내를 올려다보며 뒤통수를 긁었다. 깁슨 경감은 뼈대만 남아 있는 건물을 흘끗 쳐다보며 어깨를 으쓱했다.

「이 나이트클럽은 깡패들의 소굴이었다네.」

「그렇습니다. 제 생각에는 그 점이 이번 사건과 깊은 관련이 있는 것 같습니다. 그리고 소방대의 말로는 건물 동쪽의 지하실은 엄청난 규모의 술 저장 창고였답니다. 보나마나 그 술들은 모두 밀주(密酒)였을 겁니다.」

「그건 그렇고 총에 맞아 죽은 사람은 모두 몇 명이나 되는가?」

「여섯 명입니다.」

「그렇게 많아.」

깁슨 경감은 깜짝 놀라는 시늉을 했다.

「게다가 첫번째 폭발 때 네 명이 죽었다는 응급 구조반의 보고도 있습니다.」

「폭발 원인은 뭐라고 하던가?」

「폭발 장치에 의한 것이랍니다.」

「그럴 듯한 추리군.」

깁슨 경감은 시큰둥하게 대꾸했다.

「그렇지만 아직 확인된 것은 아무 것도 없습니다.」

깁슨 경감과 필립스 경사는 불이 거의 꺼져 시커먼 뼈대만 앙상하게 남은 나이트클럽을 쳐다보며 잠시 침묵을 지키고 서 있었다.

「오늘은 유난히 안개가 짙군.」

경감이 혼잣말처럼 중얼거렸다.

「샌프란시스코의 안개야 유명하지 않습니까?」

「현장 지휘는 누가 맡고 있나?」

집슨 경감은 건물 주위에서 분주히 움직이는 사내들을 지켜보며 물었다.

「윌리 경위입니다. 지금쯤 건물 안에 있을 겁니다.」

집슨 경감은 엄지손가락으로 콧잔등을 비비며 무슨 말인지를 입 속에서 웅얼거리곤 건물 쪽으로 걸음을 옮겼다. 잠시 망설이던 필립스 경사가 그의 뒤를 따랐다.

윌리 경위는 하얀 가운 차림의 의사들과 얘기를 나누며, 선 채 커피를 마시고 있었다. 집슨 경감이 다가오는 걸 보고 그가 먼저 아는 체를 했다.

「얼굴이 부스스하군요. 잠이 부족하신 모양입니다?」

「잠하고는 인연이 먼 신세 아닌가?」

집슨 경감은 손바닥으로 얼굴을 문질렀다. 윌리 경위가 그에게 커피잔을 건네고 한 잔 가득 커피를 따랐다. 집슨 경감은 커피 향기를 음미한 뒤 잔을 입으로 가져갔다.

「이제까지 조사한 걸 말해 보게, 경위.」

항만 경찰서장이 말했다.

「조 프래스코, 조니 리아노, 피트 트라치니 등이 깨끗이 저 세상으로 갔습니다. 그들의 부하 일곱 명과 함께……」

윌리 경위는 빈 커피잔을 손 안에서 돌리며 조용한 말투로 대답했다.

「지난주에 조 프래스코를 만나 이제 더 이상 설치는 꼴을 두고 볼 수만은 없다고 따끔하게 경고를 했었지. 이 나이트클럽에서 손을 떼지 않으면 사정 보지 않고 쓸어 버리겠다고 말이야.」

「이젠 신경 쓸 것도 없이 깨끗해졌습니다.」

두 사람은 마주 보며 미소 지었다.

「갱들을 때려잡는 최선의 길은 그놈들을 가만 놔두는 것이라는 생각이 드는군. 우리가 애쓰지 않더라도 놈들끼리 아웅다웅하다가 결국엔 스스로 무너지지 않을까? 난 오래 전부터 그런 생각을 해왔어.」

깁슨 경감이 말했다.

「저도 그런 얘기를 읽은 적이 있습니다. 갱들의 사망 원인을 분석한 자료였는데 그들의 대다수는 자기네들끼리의 전쟁으로 목숨을 잃는다더군요.」

곁에 서 있던 의사 중 한 사람이 끼여 들었다.

「그러나 그 말은 이제 옛날 얘기가 되었습니다.」

윌리 경위는 굳은 얼굴이었다.

「무슨 뜻인가?」

깁슨 경감은 그를 돌아보았다.

윌리 경위는 아무 말도 하지 않고 재킷 주머니에서 뭔가를 꺼내 테이블 위에 올려놓았다.

「이게 뭔가?」

깁슨 경감은 테이블 위의 쇳조각에 눈을 바짝 들이댔다.

「저격수 메달입니다.」

「그래서?」

깁슨 경감은 대수롭지 않은 물건을 두고 긴장할 필요가 있느냐는 듯 허리를 펴며 퉁명스럽게 되물었다.

「죽은 사람들 중 그리지 워터스란 사내가 있었는데 그 사내의 시체 곁에 메달이 놓여 있었습니다.」

윌리 경위의 말을 듣는 순간 깁슨 경감의 안색이 확 바뀌었다.

「보란!」

경감은 신음처럼 내뱉었다.

「그렇습니다.」

「그 빌어먹을 놈이 샌프란시스코에 나타났다는 얘긴가?」

「거의 확실합니다.」

윌리 경위의 한숨 섞인 대답이었다.

순간 필립스 경사는 급히 뒤로 돌아서더니 순찰차 쪽으로 달려갔다. 그제야 그는 미궁을 헤매고 있던 나이트클럽 사건의 실마리가 풀려 나가는 것 같았다.

맥 보란이 샌프란시스코에 나타났다는 그 한 가지 사실만으로 사건의 전모를 짐작할 수 있었던 것이다.

필립스 경사가 소속돼 있는 브러시 파이어(소규모 전투) 강력반은 폭력 조직의 위협으로부터 정부 기관이나 단체를 보호하기 위하여 조직된 일종의 전투 부대로 언제 어느 때라도 출동할 수 있는 장비와 기동력을 갖추고 있었다.

그러나 지금까지는 강력반이 동원되어야 할 만큼 큰 사건은 없었다. 창설 이래 그들이 주로 해온 일은 경찰서의 경비 정도였고, 구태여 다른 예를 들자면 폭탄 위협, 방화, 데모 등의 발생에 대비해 과격 세력의 배후를 조사하는 것이 고작이었다.

하지만 맥 보란이 샌프란시스코에 나타난 것은 중대한 위기를 예고하는 것이었다. 그로 인해 강력반의 활동이 새로운 국면을 맞이하게 됨은 너무나 당연한 결과였다.

빌 필립스 경사는 순찰차의 앞문을 열고 무선 연락 마이크를 집어들었다.

「여기는 브라보 3. 폭력가에 대한 특별 경계 조치가 요구됨. 돌아가는 즉시 회의를 가질 예정임. 이상.」

그는 본부와의 연락이 끝나자 서둘러 운전석에 올라 시동을 걸었다.

혼잡한 사건 현장을 조심스럽게 빠져 나가는 필립스 경사의 가슴속에는 샌프란시스코를 뒤흔들어 놓을 엄청난 사태가 몰려들고 있다는 불안감이 가득했다.

샌프란시스코 마피아의 카포인 로먼 데마르코는 72세나 된 노인이었다. 그는 포근하고 따뜻한 잠자리를 버려둔 채 새벽부터 일을 해야 한다는 게 몹시 못마땅했다.

더군다나 폭음의 총소리 때문에 잠을 깨게 된 것이 무엇보다도 불만스러웠다. 그의 표정에는 짜증과 긴장이 역력히 드러나 있었다.

러션힐 꼭대기에 자리잡은 데마르코 소유의 불이 환히 밝혀진 삼층 저택에는 카포의 긴급 소환 명령을 받은 보스들과 전투원들이 속속 모여들었다. 비상 사태에 대비하기 위한 회의 때문이었다.

제1진으로 그곳에 도착한 사람들 중에는 데마르코의 오른팔이나 다름없는 프랑코 로렌티스도 끼여 있었다.

로렌티스는 심복들을 거느리고 나타났는데 그의 심복들은 언제나 날카로운 눈초리로 공포 분위기를 조성하고 있을 뿐 입을 여는 일이 없었다. 그 사내들은 서로의 눈빛만 보고도 의사 소통이 가능한 것 같았다.

이스트베이 지역 보스인 빈센초 시프리오와 항만 지구 보스인 토머스 베리치도 불려 왔다. 그들도 각자의 개인 경호원들을 이끌고 왔다.

그 저택이 있는 거리의 요소요소에는 험상궂은 얼굴의 전투요원들이 오락가락하고 있었다. 일부 전투원들은 무장된 자동차를 타고 인근 도로를 순찰했고 언덕으로 통하는 모든 길목에도 전투원들이 배치되어 날카로운 눈초리로 주위를 감시했다.

그것은 마피아가, 자신들의 북부 캘리포니아 본부에 침입하여 전격적인 전투를 벌이려는 검은 전투복의 사내에 대한 빈틈없는 경계 태세에 돌입한 걸 의미했다.

로먼 데마르코는 모여든 부하들을 둘러보며 목청을 가다듬었다.

「그 녀석은 이 정도로 끝낼 놈이 아니야. 이 정도 저질러 놓고 내뺄 생각이었다면 샌프란시스코에 찾아들지도 않았을 거야. 그 놈은 우리 모두에게 큰 골칫덩이야. 우리가 선수를 쳐야 해. 그렇지 않으면 또 당하고 말아. 놈이 무슨 짓을 할지 아무도 예측할 수 없어.」

데마르코가 말을 마치자 항만 지구 보스인 토머스 베리치가 기다렸다는 듯 말문을 열었다.

「그 고약한 짓을 저지른 놈이 보란이라는 걸 어떻게 확신하십니까? 어떤 놈이 맥 보란이 한 것처럼 꾸며 놓은 건 아닐까요? 우리들의 약점을 잘 알고 있는 놈이 장난을 친 것이라면……?」

「어느 쪽이건 간에 손가락만 빨며 지켜볼 순 없잖아? 이건 보통 신경 쓰이는 일이 아니라구. 우린 이번 사건의 진상을 꼭 밝혀내야 해.」

데마르코가 대꾸했다.

「저도 한 말씀 올리겠습니다.」

카포의 뒤쪽에 앉아 있던, 오른쪽 어깨에서부터 팔목까지 붕

대를 칭칭 감은 자그마한 사내가 말했다.

「좋아, 매티.」

「그짓을 저지른 놈이 맥 보란이란 건 의심할 필요조차 없는 사실입니다.」

「그런 확신을 갖게 된 이유는?」

「제 두 눈으로 똑똑히 보았습니다. 틀림없는 보란이었습니다. 그 망할 놈은 흔히 코만도 전투복이라 불리는 검은색 스킨슈트를 입고 있었습니다. 그놈은 마치 늑대처럼 조용하고도 민첩하게 움직이더군요. 전 하마터면 놈과 마주칠 뻔했습니다. 보란이 틀림없었다구요. 싸늘한 빛이 뿜어 나오는 그놈의 눈빛을 본 순간 전 덫에 걸린 짐승처럼 얼어붙어 버렸습니다. 제가 목숨을 건질 수 있었던 것은 순전히 하나님의 은혜 덕분이라고 생각합니다.」

「그만해, 매티!」

데마르코의 행동대장인 프랑코 로렌티스가 눈을 치켜뜨며 위협적으로 말했다.

「전 다만…….」

「닥치라고 했잖아!」

로렌티스는 버럭 소리를 질렀다.

매티는 입술을 깨물며 굳은 표정이 되었다. 로렌티스가 다시 입을 열었다.

「결국 자넨 그놈을 보기가 무섭게 도망을 친 것 아닌가? 그러고서도 뭐가 잘났다고 그렇게 떠들어 대나?」

「하지만 도망친 걸 부끄럽게 생각지는 않습니다. 그놈은 인정사정없이 총질을 해댔다구요. 움직이는 게 눈에 띄기만 하면 그것이 무엇이든간에 벌집처럼 만들어 놓습니다. 그래서 전 일단 안쪽으로 들어가 동료들을 찾으려 했었습니다. 그런 판국에 …….」

「그만해! 입조심하는 게 좋을 거야!」

로렌티스가 울화통을 터뜨리며 다시 소리를 질러 댔다.

매티는 앉아 있는 사람들의 눈치를 살피며 혀로 입술을 핥았다.

「매티, 로렌티스의 충고를 받아들이게. 그렇게 함부로 나불거리다간 머지않아 큰일당하게 될 거야. 보란이란 놈이 무지막지한 살인귀 같은 녀석이라고 떠들고 다니면 우리 전투원들이 지레 겁을 먹고 굳어 버릴지도 모른다구. 그렇지 않아도 모두가 한 풀 꺾인 상태인데 말야. 그러니까 자네도 제발 말조심하게.」

데마르코는 얼굴을 잔뜩 찌푸린 채 조용하게 말했다.

「알겠습니다. 죄송합니다.」

매티는 꺼져 들어가는 소리로 대답했다.

「그 보란인지 오줌싸개인지 하는 놈은 운이 좋아 지금까지 살아 있는 거라구! 그놈이 과대 평가되고 있는 이유를 따져 본다면 모두 자네처럼 허풍이 심한 사람들 때문이야. 자네도 일찌감치 속 차리라구.」

로렌티스는 도끼눈을 하고 그렇잖아도 주눅이 들어 있는 매티를 윽박질렀다.

「알겠습니다.」

「자네는 보란을 조금도 두려워하지 않는 것 같군. 아주 마음 든든해.」

데마르코는 심복 부하인 로렌티스를 쳐다보며 은근한 말투로 얘기했다.

「그렇습니다. 그깟 놈을 두려워하다니요.」

「정말 다행이야. 보란에 관한 문제를 안심하고 자네에게 맡겨도 되겠군. 책임질 수 있겠나?」

「맡겨 주십시오. 그놈을 때려잡는 일은 제가 알아서 하겠습니다.

로렌티스는 당당하게 가슴을 펴고 모여 앉은 사람들을 곁눈질했다.

「좋아. 그럼 그 문제에 대해선 더 이상 얘기하지 않겠네. 토머스, 그리고 빈센초.」

「네, 보스!」

두 사내가 동시에 대답했다.

「이제부터 자네들은 푹 쉬라구. 모든 활동을 완전히 중지하라는 얘길세.」

「이유가 뭡니까?」

이스트베이의 보스인 시프리오가 물었다.

「그 쥐새끼 같은 보란놈에게 우리 활동의 어떠한 부분도 노출시키고 싶지 않기 때문이야.」

데마르코는 가볍게 한숨을 내쉬었다. 그는 담배 케이스에서 향기가 좋은 시가를 하나 꺼내 물었다. 로렌티스가 금장(金裝)이 된 라이터로 불을 붙여 주었다.

「몽고메리 가(街)의 일도 말입니까?」

베리치는 시가 끝에서 피어오르는 연회색 연기를 바라보며 물었다.

「그래. 어떤 종류의 일을 막론하고 모두 동결시켜.」

「그렇게 되면 너무나 큰 손실을 보게 되지 않습니까?」

「별 도리가 없잖아?」

데마르코는 미간을 모으며 담배 연기를 깊숙이 빨아들였다.

「하지만 모든 일을 어느 한순간에 한꺼번에 동결시킬 수는 없습니다. 마약 조직만 해도 그렇습니다. 그 조직의 기능이 마비된다면 몇 시간 지나지 않아 거리는 온통 미치광이투성이가 될 겁니다. 다른 것들도 문제가 있겠지만 특히 마약 조직을 동결시킨다는 것은 있을 수 없는 일입니다. 게다가 그 사업으로 긁어모으는 돈은 엄청납니다. 그 일만은 곤란합니다.」

시프리오는 고개를 설레설레 저었다.

「미스터 시프리오의 말씀이 옳습니다. 하루에 네 번 내지는 다섯 번씩이나 그것을 찾는 사람들도 있습니다. 그것의 공급이 끊어진다면 무슨 일이 일어날지 알 수 없습니다.」

시프리오의 부하 중 버클리 지역을 담당하는 참모가 한마디 거들었다.

「시프리오, 자네는 소매상들에게 어느 정도의 양을 풀어 놓았나?」

데마르코는 신경질적으로 시가를 비벼 끄며 물었다.

「합의 보았던 대로입니다. 사흘에 한 번 꼴로 공급해 왔는데 오늘이 바로 그 사흘째 되는 날입니다.」

「하지만 그런 것들에는 신경 쓸 것 없다구. 내 명령대로 하는 거야. 난 결정을 번복할 생각은 조금도 없어.」

데마르코는 완강한 어조로 말했다.

「알겠습니다.」

시프리오는 무뚝뚝하게 대답했다. 그의 표정에는 끓어오르는 화를 간신히 누르고 있는 기색이 역력하게 드러났다.

「로렌티스, 이런 것도 자네가 책임져야 할 일이야. 내 명령을 어기는 자가 없도록 늘 감시해야 해.」

데마르코는 행동대장을 흘끗 쳐다보았다.

「명심하겠습니다.」

로렌티스는 손마디를 소리내어 꺾으며 매서운 눈초리로 사람들을 둘러보았다.

베리치와 시프리오는 굳은 표정이 되어 번들거리는 책상에 비친 자신들의 얼굴만 멍청히 들여다보고 있었다.

잠깐 불편한 침묵이 감돌았다.

「로렌티스, 보란놈을 꼭 잡아오도록 해. 그놈의 머리통을 나한테 갖다바치란 말이야.」

데마르코가 나지막한 목소리로 말문을 열었다.

「염려 마십시오. 세례 요한의 목처럼 은쟁반에 받쳐 올리겠습니다.」

로렌티스는 잔인한 미소를 흘렸다.

「그런 건 아무래도 좋아. 어쨌든 잡아오기만 해. 내 발로 그놈의 머리통을 바다 속에 차넣어 버릴 테니까.」

「알겠습니다. 제 명예와 생명을 걸고 약속하겠습니다.」

프랑코 로렌티스는 자신 있게 대답했다.

「좋아, 좋아.」

로먼 데마르코는 자리에서 일어났다.

「그런데 조니를 비롯한 사망자들의 장례는 어떡할까요?」

토머스 베리치가 물었다.

「그런 건 나중에라도 할 수 있잖아? 급한 일은 그게 아니라구.」

노인은 주름진 손을 휘저으며 단호하게 말했다.

회의실을 나서는 로먼 데마르코의 뒤를 매티가 따랐다. 두 사람의 모습이 사라지기가 무섭게 토머스 베리치는 땅이 꺼져라 한숨을 내쉬며 입을 열었다.

「보란놈, 정말 속썩이는군. 꼭 아픈 데를 건드려 놓는단 말야. 도대체 얼마 동안이나 이 상태가 지속되려나? 그놈 때문에 숨도 크게 못 쉬게 되었으니. 오늘만 해도 200만 달러 가량 손해를 보게 생겼어. 갑자기 모든 일을 동결시키라니, 원 참!」

「영감은 혼이 나간 것 같아.」

빈센초 시프리오도 잔뜩 볼이 부어 투덜거렸다.

「그러나 그도 명령받은 대로 움직이고 있을 뿐이라구.」

행동대장이 데마르코를 변호하고 나섰다.

「명령이라니?」

「최고 회의에서 그런 결정이 내려진 거야. 완전히 죽은 시늉을 하고 있으라구. 명령에 따를 수밖에 별 도리가 없잖아? 정 불만이 있다면 저기 있는 빨간 전화기를 사용하라구. 최고 회의 수뇌들과 직통으로 연결되어 있으니까.」

로렌티스는 짐짓 위협 섞인 소리로 지껄였다.

「아니 그럼, 오늘밤 사건이 보란이 저지른 일이란 걸 최고 수뇌들도 알고 있다는 얘기야?」

시프리오는 눈을 커다랗게 떴다.

「물론이야. 영감께선 제일 먼저 그곳에 보고를 했었다구.」

로렌티스는 고개를 끄덕였다.

「그렇다면 본부의 감시반이 샌프란시스코에 좍 깔리겠군.」

참모 중 한 사내가 침통하게 말했다.

「우리가 빨리 보란을 해치우지 못한다면 그렇게 되겠지.」

로렌티스는 손바닥을 마주 비비며 회의실 안을 서성거렸다.

「이봐, 로렌티스. 보란을 어떻게 옭아 매느냐 하는 건 자네 일이잖아? 그러니까 〈우리〉란 말일랑 하지 말게. 〈나〉라고 하라구.」

항만 지구의 보스인 베리치가 한껏 비아냥거리는 어조로 말했다. 시프리오와 그의 전투원들은 통쾌하다는 듯 웃음을 터뜨렸다.

「뭐가 그렇게 우스워? 바보들 같으니라구!」

로렌티스는 얼굴을 험악하게 일그러뜨리며 쏘아붙였다.

「그래, 사실 이건 웃을 일이 아니야. 보란놈의 일은 어느 한 사람에게만 국한된 문제가 아니거든. 그건 나도 인정해. 농담 한 번 해본 것뿐이야.」

베리치는 시무룩한 표정이 되었다. 그 말에 로렌티스는 다소 용기를 얻은 것 같았다.

「내가 일을 떠맡고 나선 건 영감님을 위해서야. 이건 정말이지 나 혼자 잘되겠다고 아우성 치는 게 아니잖아? 우리가 지금 부딪혀 있는 문제는 절대 얼렁뚱땅 넘어갈 성질의 것이 아니라구. 너 나 할 것 없이 걱정하고 협조해야 한다구. 조금만 머리가 돌아가는 사람이라면 보란이란 놈이 쉽게 때려잡을 수 있는 상대가 아니란 걸 깨달을 수 있다구.」

로렌티스는 동의를 구하는 듯 사내들을 둘러보았다.

「난 그놈이 팜 스프링스를 휘저어 놓은 걸 보았어. 그래서 자네 말을 이해할 수 있지.」

베리치는 무겁게 고개를 끄덕였다. 그는 몸을 부르르 떨더니 얘기를 계속했다.

「마치 태풍이 휩쓸고 지나간 것 같더군. 겨우 목숨이 붙어 있는 사람들은 멍청히 서로의 얼굴을 쳐다보며 〈도대체 무슨 일이 일어난 거야?〉란 말만 되풀이하고 있었지. 그런데 팜 스프링스를 그 지경으로 만든 놈이 지금 우리 고장에 불쑥 나타났어. 다들 매티가 한 얘기를 들었겠지? 그가 한 말에는 조금도 과장됨이 없어. 보란놈이 저지르는 일은 말로 표현할 수 없을 정도로 끔찍해. 우린 그놈에 대해 대책을 마련해야 한다구. 그것도 빠른 시간 내에.」

베리치는 이마로 흘러내린 머리칼을 거칠게 쓸어 넘겼다.

「혼자서 그런 엄청난 짓을 했다는 게 정말입니까? 도무지 믿어지지 않는군요.」

한 전투원이 조심스레 끼여 들었다.

「그런 소리는 이 자리에는 어울리지 않아. 아마 뉴욕이나 시카고, 아니면 라스베이거스에 가서 그런 말을 한다면 훌륭한 해답을 얻을 수 있을 거야. 우린 지금 강 건너의 불구경을 하고 있는 게 아니라구.」

로렌티스는 퉁명스레 내뱉었다.

「그러니 어쩌자는 거야? 자넨 우리가 어떻게 해주길 바라나? 우리가 가진 모든 걸 투자하라는 건가?」

베리치는 짜증스럽다는 투로 말했다.

「잘 아시는군.」

행동대장이 무뚝뚝하게 대꾸했다.

이스트베이의 보스와 항만 지구의 보스는 잠깐 의미 있는 눈길을 교환했다. 그들은 말없는 가운데 한 가지 결론에 도달한 것 같았다.

빈센초 시프리오가 먼저 말문을 열었다.

「당분간이나마 우리의 사업을 동결시키지 않으면 안 될 정도로 사태가 심각하다면 그렇게 할 수밖에 없겠지. 좋아, 로렌티스. 내 구역 안에 있는 모든 것에 대한 지휘권을 자네에게 넘겨주겠네. 그리고 한시바삐 그 빌어먹을 놈을 잡아들여 사업도 계속할 수 있기를 빌겠네.」

「나도 그렇게 하겠어.」

베리치도 고개를 끄덕였다.

「하지만…….」

시프리오는 정색을 하며 로렌티스를 쳐다보았다.

「하지만, 뭔가?」

「앞으로 24시간 안에 그놈을 잡아야 해. 난 그 이상 시간을 줄수 없어.」

「무슨 소리야? 그렇게 짧은 시간으론 어림도 없어!」

로렌티스는 불같이 화를 내며 펄펄 뛰었다.

「안 되면 되게 하라구.」

베리치가 말했다.

「24시간이야. 그 이상 시간을 끌다가는 우리 모두가 망하고 만다구. 우리가 조금만 틈을 보여도 필모어의 깜둥이들은 제 세상을 만난 듯 날뛸 거야. 그리고 그랜드의 놈들은 어떻게 다스리지? 2, 3일만 내버려 둬도 그놈들은 다시 우리 구역 내에서 활개를 치고 다닐 걸?」

시프리오는 날카롭게 따지듯 말했다.

「그건 내가 알 바가 아니야.」

로렌티스의 목소리는 얼음장 같았다.

「그러나 나한테는 큰 문제들이야. 또 그러한 문제들이 그 두 가지뿐이라면 말도 하지 않겠어. 리치먼드에도, 오클랜드에도 시끄럽게 구는 놈들이 있다구. 그러니까 하루 이상 활동을 중단한다는 것은 조직 운영상 있을 수 없는 일이야. 난 카포에게도 분명하게 얘기할 수 있어. 내 구역을 지금과 같이 만드느라고 얼마나 많은 피땀을 흘렸는지 알기나 해? 그런데 그 소중한 것들을 보란이란 놈 때문에 모두 포기해야 한다는 건 말도 안 돼! 난 내가 노력과 애정을 쏟아 이루어 놓은 모든 것들이 눈앞에서 허물어지는 걸 멍청하게 지켜보고 있을 생각은 없다구.」

베리치는 또박또박 얘기했다.

「이런 답답한 친구를 봤나!」

로렌티스는 벌컥 화를 냈다.

「뭐가 답답해?」

「그 보란이란 녀석이 샌프란시스코에 나타난 이유가 뭐라고 생각하나? 자네의 영토가 탐이 나서? 천만의 말씀이야. 그놈이 원하는 건 피야. 자네의 피! 우리들의 피! 자네 목숨이 위태로운 것도 모르고 24시간 안에 놈을 잡아내라고 조르다니 철이 없어도 한참 없구먼.」

로렌티스는 툴툴거렸다.

「잠깐, 그건 로렌티스의 얘기가 옳아. 지금 우린 발등에 불이 떨어진 격이야. 그런데 그렇게 제한적이고 비현실적인 조건을 앞세운다면 곤란하다고 생각해. 로렌티스, 자네가 우리에게 원하는 게 구체적으로 뭔가?」

베리치는 한편으로 시프리오를 진정시키며 행동대장에게 물었다.

「동원할 수 있는 인원은 모두 다 활용하겠어. 거리에 굴러다니는 송사리 강도들, 조무래기 폭력배, 뚜쟁이, 매춘부 할 것 없이 모조리. 그리고 자네들 그늘에 있는 모든 조합원들, 바텐더, 웨이터, 택시 운전사, 구두닦이, 신문팔이, 스트립댄서, 악사 등등 우리 손이 뻗칠 수 있는 곳에 있는 모든 인원을 풀 가동할 거야.」

「계속해 봐.」

「다시 말해 샌프란시스코의 모든 거리는 물론이고 호텔, 바, 식당에까지 물샐틈없이 군대를 풀어 놓자는 거지. 도시 전체가 완전히 하나의 경계망이 된다는 뜻이야. 하루 24시간 중 단 한순간이라도 소홀히 할 수는 없어. 게다가 난 보란의 과거 행적을 조사해 봤었어. 놈에 대한 연구를 했었다구. 난 어떻게 하면 놈을 때려잡을 수 있는지를 누구보다 잘 알아. 그런데 내가 알고 있는 방법을 사용하려면 보조해줄 병력이 필요하단 말야. 그걸 자네들에게 요구하는 거야.」

「그런데 영감이 미스터 킹에게도 연락했는지 모르겠군.」

베리치가 혼잣말처럼 중얼거렸다.

「아마 했을 거야.」

로렌티스가 대답했다.

「그렇다면 그쪽으로부터 협력을 얻을 수도 있을 텐데?」

「그럴 수도 있겠지. 하지만 그것을 전적으로 믿을 순 없어. 왜냐하면 지금의 이 문제는 우리 구역 안에서 일어난 일이고 결국 우리들이 해결할 수밖에 없다는 게 내 생각이야.」

「자네 말에도 일리가 있군. 좋아, 로렌티스. 그럼 이렇게 하도록 하지. 시프리오와 난 자네 말대로 조직원들에게 필요한 조처를 취해 놓겠네. 자네한테 연락할 일이 생기면 어떻게 하지? 평상시의 전화망을 그대로 사용할 건가?」

베리치가 결심했다는 듯 말했다.

「그래. 당분간은 그럴 예정이야.」

「좋아. 얼마 지나지 않아 샌프란시스코 전역에 일찍이 상상조차 할 수 없었던 철통 같은 경계망이 펼쳐지겠군. 아무리 보란이란 놈이 귀신 같다고 하더라도 결코 우리들의 경계망을 뚫진 못할 거야. 아무튼 놈이 걸려드는 건 시간 문제라구. 그 다음 단계는 자네가 알아서 처리할 거니까 신경 쓸 것 없겠지.」

「그래. 찾아내기만 해.」

로렌티스는 벌써부터 흥분이 되는 모양이었다. 그는 지극히 만족한 얼굴로 문 쪽으로 걸어갔다. 그가 문 앞에 이르렀을 때 기다리고 있었다는 듯이 문이 활짝 열렸다. 공교롭게도 로렌티스의 부하 두 명이 회의실 안으로 들어오려 했던 순간과 맞아 떨어졌기 때문이었다. 두 사내는 발길을 돌려 그들의 보스를 호위하고 밖으로 나갔다.

로렌티스가 사라지고 난 다음 빈센초 시프리오는 토머스 베리치에게 하소연을 늘어놓기 시작했다.

「토머스, 이건 정말 못마땅한 조처야. 저 얼빠진 녀석에게 데마르코가 지난 몇 년 동안 누려온 것보다 더 큰 권한을 부여하는 꼴이 되었잖아?」

「너무 흥분하지 말게. 나도 그 생각을 하고 있었어. 하지만 다른 도리가 없잖아? 저 녀석은 데마르코 영감에게 소곤거릴 기회가 너무 많았단 말이야. 나도 자네와 똑같은 고민 때문에 골치가 아프다구. 하지만 길고 짧은 건 대봐야 아는 법이야.」

베리치는 목소리를 한껏 낮추어 말했다.

빈센초 시프리오는 항만 지구 보스의 얼굴을 들여다보며 잠시 생각에 잠겼다. 그러다 베리치의 말이 무엇을 뜻하는지를 알아차린 듯 공범자 같은 미소를 지었다.

샌프란시스코에서 보란이 불을 붙인 전투는 마피아와 맥 보란의 전투 이상의 의미를 지닌 채 서서히 새 국면으로 접어들고 있었다.

# 3
## 세 여자

　보란은 중국 여자의 뒤를 따라서 그랜트 가를 지나 미로(迷路) 같은 서부 차이나 타운의 좁다란 골목길로 접어들었다.

　여자는 끝이 없을 듯 이어져 있는 꼬불꼬불한 골목길을 익숙한 걸음으로 빠져 나갔다. 보란은 여자의 출렁이는 엉덩이를 바라보며 일정한 간격을 두고 뒤를 쫓았다. 그는 도로의 오른쪽과 왼쪽을 번갈아 옮겨 걸으며 자신의 위치를 변경시켰다. 만약 잠복해 있는 적이 있다면 그의 시야에 노출되지 않으려는 의도에서였다.

　지금 그들이 가고 있는 좁은 길의 양편에는 상점 겸 주택으로 쓰이는 2, 3층짜리 건물들이 길을 따라 늘어서 있었다. 건물들의 아래층은 상점들이었고 위층은 주택이었다.

　그곳은 주요 관광 지구의 외곽에 위치해 있었기 때문에 백인 관광객 상대의 선물 가게, 레스토랑, 바 등이 차이나 타운의 주

민들을 고객으로 하는 카페, 상점, 도박장들 사이사이에 자리잡
고 있었다.

보란의 눈앞에서 흔들거리던 엉덩이가 거의 똑같이 보이는 두
레스토랑 사이에 끼인 건물 앞에 멈춰 섰다. 그녀는 어깨 너머로
보란을 흘끗 돌아본 후 어두컴컴한 현관으로 들어섰다.

보란은 중국 여자가 들어간 건물을 그대로 지나쳐 100야드쯤
더 앞쪽에 있는 교차로까지 걸어갔다가 일단 길을 건넜다. 그런
다음 그는 다시 길을 건너 재빨리 주위의 지형을 훑어보면서 여
자가 사라진 건물로 되돌아왔다.

그녀는 불이 켜지지 않은 현관에서 문을 반쯤 열고 밖을 내다
보고 있었다. 보란을 보자 그녀는 몹시 반가운 표정을 지었다.

현관은 무척 좁았다. 보란 같은 남자가 세 명만 들어서면 꽉차
버릴 것 같았다. 여자는 어둠 속으로 희끄무레하게 보이는 계단
을 지나 이층 홀로 보란을 안내했다.

이층의 복도 역시 어둠침침했다. 여자는 복도 끝에 이르자 열
쇠를 꺼내 한참 동안 자물쇠와 실랑이를 한 끝에 문을 열었다.

방 안은 창을 통해 들어오는 흐릿한 불빛으로 겨우 사물의 윤
곽만을 알아볼 수 있을 정도였다. 그녀는 안으로 한 걸음 들어서
더니 보란이 들어오기를 기다리는 듯 그 자리에 그림처럼 서 있
었다. 그러나 보란은 삼층으로 통하는 계단을 더듬어 올라갔다.
그가 삼층 정찰을 마치고 그 방으로 다시 돌아왔을 때도 여자는
조금 전과 꼭 같은 자세로 어둠 속에 서서 그를 쳐다보았다.

「당신은 언제나 그렇게 조심성이 많으신가요?」

그녀의 목소리는 떨리고 있었다.

「늘 조심하려고 노력하고 있소.」

「당신으로선 그러지 않을 수 없겠죠.」

「그걸 당신이 어떻게 아오?」

「우선 들어오세요. 들어와서 말씀하세요. 전 당신이 누군지 잘 알아요. 우린 서로 도울 수 있을 거예요. 내 말을 믿으세요. 그리고 내가 당신에게 소개하고픈 친구들이 있는데 만나 주시겠어요?」

「당신은 내가 누군지를 안다고 했소. 그렇다면 내가 사람 만나기를 꺼리고 있다는 사실도 잘 알 것 아니오.」

보란은 여자를 탐색하듯 훑어보며 차갑게 대꾸했다.

「여긴 안전해요. 내 친구들도 결코 위험한 인물들이 아니구요. 당신도 그들에게 흥미가 있을 거예요. 우린 다른 마음을 품고 있지 않아요. 단지 당신에게서 필요한 정보를 얻고 싶을 뿐이에요. 또한 우리가 가진 정보를 당신에게 넘겨줄 수도 있구요.」

여자는 보란이 냉담한 태도를 보였음에도 조금도 물러서지 않았다.

보란은 잠깐 생각에 잠겼다가 입을 열었다.

「난 아직 당신 이름도 모르오.」

「메리 칭이라고 해요.」

「얼마나 기다려야 하오?」

「한 시간쯤.」

「너무 긴 걸.」

「제가 만일 당신을 죽이려 생각했었다면 당신은 벌써 열 번도 더 죽었을 거예요. 여러 말 하지 말고 한 시간만 날 믿어 주세요.」

메리 칭은 권총을 흔들어 보이며 단호하게 말했다.

보란은 갑자기 웃음을 터뜨렸다. 위협을 주는 그녀의 모습이 너무나 앙증맞았기 때문이었다.

「용기 있는 아가씨로군. 좋소, 당신 말대로 한 시간만 더 기다리기로 하지. 그러나 제발 내 이름을 떠벌리고 다니지는 마시오. 그랬다가는 내 사인을 받으려는 극성팬들로 이 집은 부서지고 말 테니까.」

「당신은 이런 순간에까지 농담을 하시는군요. 될 수 있는 한 빨리 돌아올 테니 편히 쉬고 계세요.」

「달리 선택할 길도 없으니…….」

메리 청의 굳었던 얼굴에서 한가닥 미소가 피어났다.

여자의 모습이 복도의 어둠 속으로 사라지고 난 다음 보란은 방문을 닫고 불을 켰다. 일시에 어둠이 몰려 나가고 방 안의 모든 사물이 밝은 빛 속에 떠올랐다.

의외로 세련된 분위기에 보란은 내심 혀를 내둘렀다. 중국 음식점 위층에 마련된 그 방이 보란은 최근에 다녀본 그 어느 곳보다 마음에 들었다.

방 안은 붉은색과 검정색이 주를 이루고 있었다. 전통적인 중국의 문양이 아로새겨진 벽지 위에 부드러운 조명이 묘한 명암을 만들어 내고 있었다. 그리고 촉감이 좋은 실크 제품들과 섬세한 조각 소품들, 기타 가구들이 놀랄 정도로 우아한 조화를 이루고 있었다. 한마디로 말해 품위와 아름다움을 간직하고 있는 곳이었다.

방은 하나뿐이었다. 가구는 비교적 많은 편이었으나 비좁다거나 지저분하다는 느낌은 전혀 받을 수 없었다. 한쪽 구석에는 정갈하게 꾸며진 주방이 있었다.

자그마한 욕실도 있었는데 반투명 실크 커튼이 문 구실을 하고 있었다.

보란은 방 한가운데로 천천히 걸어가 테이블 위에 권총을 내려놓았다. 그는 조립식 카우치를 쳐다보다 깜짝 놀랐다. 그 속에 담요에 파묻혀 목만 내놓은 채 두 아가씨가 잠들어 있었기 때문이었다. 두 명 다 백인이었고 탐스러운 금발이었다. 분홍빛이 감도는 얼굴은 앳되어 보였다.

보란에게는 잠들어 있는 미녀들보다 두 눈을 시퍼렇게 뜨고 달려드는 마피아 전투원들과 마주하고 있는 편이 훨씬 더 마음이 편했다. 보란은 가볍게 한숨을 내쉬며 아무래도 그곳을 떠나야겠다고 생각했다.

바로 그때 카우치 속의 아가씨들 중 한 여자가 잠에서 깨어나 헝클어진 머리를 치켜들고 보란을 쳐다보았다.

「당신 누구예요?」

그녀는 눈을 거슴츠레하게 뜨고 잠에서 덜 깬 목소리로 물었다.

「미안하오. 방을 잘못 찾은 것 같소. 난 나갈 거니까 계속 자도록 하시오.」

「그렇겐 안 될 걸요. 그 자리에 가만 서 계세요. 만일 한 발자국이라도 움직이면 당신이 이제까지 들어본 적이 없을 만큼 큰 소리를 지를 거에요.」

그녀는 갑자기 잠이 달아나 버린 듯 목소리가 또렷해졌다.

「난 여기가 메리 칭의 방인 줄 알았소.」

보란은 난처한 표정을 지었다.

「맞아요.」

여자는 푸른 눈에 장난기를 가득 머금고 보란의 위아래를 훑어보았다.

「그렇소? 난 그녀가 다른 사람들과 방을 같이 쓴다는 얘긴 듣지 못했었소.」

「그래서 당황하셨나요? 염려할 것 없어요. 우린 여기 살지 않으니까요. 메리 칭이 없는 사이에 잠깐 들어와 잠을 자고 있었던 것뿐이에요. 우리 때문에 당신이 밖으로 나가야 할 이유는 없어요.」

여자는 몸을 일으키며 덮고 있던 담요를 한쪽으로 밀쳤다. 짙은 갈색의 담요 속에 가려져 있던, 젊음이 팽팽하게 넘쳐나는 우윳빛 알몸이 눈부시게 드러났다.

「난 밖에 나가 있겠소.」

보란이 말했다.

「그렇게 점잔 뺄 것 없잖아요.」

여자는 입술을 삐죽 내밀었다. 그리고는 추운지 다시 담요를 끌어 얼굴만 내놓고 뒤집어썼다.

「이봐요, 그렇게 목석처럼 서 있지만 말고 차 끓일 물이라도 얹어 놓는 게 어때요?」

여자는 눈을 반쯤 내리감으며 중얼거렸다.

「그런 건 여자들이 할 일이잖소.」

「쳇, 도도하게 나오시는군! 빌어먹을!」

여자는 아니꼽다는 듯 욕설을 내뱉었다. 그 여자는 곁에서 돌아누운 채 자고 있는 다른 여자의 엉덩이를 철썩 때렸다. 그러나 담요 속의 여자는 뭔가 알 수 없는 소리를 입 안에서 웅얼거리며 더욱 몸을 움츠렸다.

담요를 뒤집어쓰고 있던 여자는 한숨을 내쉬더니 자리에서 일어나 느릿느릿 욕실 쪽으로 걸어갔다. 여자의 어깨에 걸쳐져 있던 담요는 그녀가 움직임에 따라서 아래로 흘러내렸고 바닥에 끌리다가 벗겨져 버렸다.

여자는 욕실을 가려 놓은 커튼을 거칠게 밀어젖히고 안으로 들어가 변기에 걸터앉았다.

보란은 고개를 설레설레 내저으며 차 끓일 물이나 올려놓는 것이 좋겠다고 생각했다. 그는 주전자에 물을 받아 버너 위에 올리고 찬장을 뒤져 보았다. 인스턴트 커피밖에 없었다.

「인스턴트 커피뿐이오.」

보란은 여자를 외면하고 선 채 말했다.

「홍차는 없어요?」

여자는 세면기의 물을 틀며 불평 섞인 목소리로 말했다.

「없소.」

보란은 무뚝뚝하게 대답했다.

「제 맛이 날 것 같아요?」

「그걸 내가 어찌 알겠소.」

여자는 커다란 타월로 얼굴을 닦으며 욕실에서 나왔다. 그녀에겐 애초부터 부끄러움 같은 것은 없는 듯했다. 보란은 여자를 천천히 훑어보았다.

한마디로 완벽한 육체였다. 아무리 성형 수술을 잘하는 의사라 할지라도 그 정도로 만들어 놓을 수는 없을 성싶었다.

우아하게 흘러내린 곡선과 투명한 피부, 그리고 군살 한점 붙어 있지 않은 근육들. 부드럽게 솟아오른 젖가슴과 허리에서 엉덩이로 이어지는 미묘한 흐름은 보는 이의 정신을 아찔하게 만들고 있었다.

여자는 손가락을 대면 소리가 날 것 같은 엉덩이를 흔들어 대며 체조를 하기 시작했다. 그녀는 모든 남성들이 탐낼 만한 육체를 재산으로 가지고 있었다.

「커피가 제 맛이 나지 않는다면 난 마시지 않을 거예요.」

여자는 보란의 시선 따위는 전혀 의식하지 않는다는 듯 손바닥으로 자신의 몸매가 이루는 곡선을 죽 훑어 내렸다.

커피가 제 맛이 나는지 그렇지 않은지는 마셔 봐야 알 일이었다. 그렇지만 보란이 한 사람의 남자로서 완벽하게 구실을 다할 수 있다는 건 의심할 필요가 없는 일이었다.

보란은 싱싱한 젊음을 뿜어 내는 여자를 눈으로만 감상해야 한다는 게 한편으론 아쉽게 여겨졌다.

「난 정직한 걸 좋아해요. 세상이 온통 거짓으로 가득 찼으니 정직이 제 구실을 못 하고 있어요. 하지만 난 늘 정직하려고 노력해요. 남을 속이려 들지 않고, 더하지도 덜하지도 않은 상태, 순수 그 자체 말이에요.」

여자는 물결 치는 금발을 쓸어 넘겼다.

「불순함을 모두 제거한 순수와 정직이야말로 지금 같은 세상에 가장 필요한 것인지도 모르지.」

보란은 혼잣말처럼 중얼거렸다.

여자는 타월을 등 뒤로 홱 던지더니 다시 담요를 집어들고 카우치로 돌아갔다. 그녀는 손바닥으로 머리를 받친 채 비스듬히 드러누워 보란을 빤히 쳐다보았다. 담요는 허리 근처에 아무렇게나 걸쳐진 채였다.

「겁내지 말고 가까이 오세요. 나랑 한번 신나게 게임을 벌이자구요.」

여자는 속눈썹을 깜박이며 노골적으로 추파를 던졌다.

「뭐요?」

보란은 어이없다는 표정을 지었다.

「설마 내 말뜻을 못 알아들은 건 아니겠죠? 그렇게 머리가 안 돌아가는 사람 같진 않은데요? 어서 이리 와요, 화끈하게 해줄 테니까.」

여자는 요염한 미소를 흘리며 한손으로 자신의 젖가슴을 움켜 쥐었다.

「고마운 얘기지만 지금은 안 되겠는데?」

보란은 뜨거운 물을 찻잔에 따르며 일부러 퉁명스레 대꾸했 다.

「하아! 성인 군자시로군요. 〈여자 보기를 돌같이 하라〉 이거 예요?」

「그게 아니라 지금은 머릿속이 너무 맑아 기분이 안 난단 뜻이 오.」

보란의 말에 여자는 자지러질 듯한 웃음을 터뜨렸다.

「당신, 보기보단 멋진 양반이군요.」

그녀는 킬킬거리며 일어나 앉았다.

「나를 시험했었나 보군.」

보란은 불만스레 말했다.

「그게 전부는 아니었어요. 당신이 원하기만 한다면 싫다고 뿌 리칠 이유가 없잖아요? 세상살이가 다 그렇고 그런 것 아녜요? 좋은 게 좋은 거라구요.」

「맹랑하기 짝이 없군.」

「왜, 그게 불만이에요? 성적 욕구는 인간의 자연스런 감정이에요. 그걸 충족시킴으로써 즐거움을 얻을 수 있다면 성인 군자인 체하며 마다할 까닭이 없다구요.」

여자는 다시 웃음을 터뜨렸다.

「당신은 순수와 정직을 외면하지 말라는 얘길 하고 싶은 거요?」

「바로 그거예요. 하지만 당신은 이미 솔직한 행동을 외면했어요. 내가 변기에 걸터앉으니까 당신은 고개를 돌렸잖아요. 그게 뭐가 어때서 그래요? 소변은 누구나 보는 거라구요. 어디까지나 자연 발생적인 일이란 말예요. 그런 자연스러운 행위를 숨어서 할 필요는 없다고 생각해요.」

「그거야 생활 습관에 관한 문제지.」

「당신이 외면한 건 인정하겠죠?」

「글쎄?」

「흥! 위선자 같으니라구. 잘난 체하지 말아요.」

여자는 코방귀를 뀌었다. 그러나 진심으로 하는 얘기는 아닌 것 같았다.

보란은 여자에게도 커피를 한 잔 갖다 주었다. 그녀는 아무 말도 하지 않았다. 그러나 그녀의 푸른 두 눈에는 고마움이 담겨 있었다.

「그런데 저 위험한 장난감은 왜 갖고 다니는 거죠?」

여자는 커피를 한 모금 마신 후 보란의 권총을 턱으로 가리키며 물었다.

「사람을 죽이려구.」

보란은 아무렇지도 않은 듯한 말투로 가볍게 대꾸했다.

「당신도 솔직해지기 시작하는군요. 당신이 만약 노예 상태에
있는 사람들을 해방시키기 위해서라거나 또는 법과 질서를 지키
기 위해서라는 등등 구질구질한 변명을 늘어놓았다면 난 실망했
을 거에요. 당신 대답이 무척 마음에 드는데요?」

여자는 화사한 미소를 지었다.

「인정 사정없이 마구 해치우지.」

보란은 자조적인 웃음을 지어 보였다.

여자는 놀란 듯 눈을 동그랗게 뜨고 보란을 뚫어져라 쳐다보
았다.

「그래요. 이제야 알겠어요. 당신은 바로 맥 보란이로군요! 정
말 당신이…….」

「난 중국 아가씨에게 한 시간만 기다리겠다고 했소. 약속한 시
간이 지나면 떠날거요. 그 동안만이라도 조용히 지냅시다. 난 당
신들을 해칠 생각은 눈곱만큼도 없으니까.」

보란은 억양 없는 말투로 얘기했다.

「당신이 라스베이거스에서 일을 벌였을 때 나도 그곳에 있었
어요. 텔레비전을 통해 당신의 얼굴을 100번도 더 봤다구요. 그
때 난 29번가에 있는 팜에서 일했었는데, 그곳에 가본 적이 있어
요?」

「없소.」

보란은 고개를 저었다.

갑자기 그녀는 옆에서 자고 있는 여자를 흔들어 깨우기 시작
했다.

「판다, 어서 일어나!」

그녀는 담요를 확 벗겨냈다. 판다라는 아가씨 역시 실오라기

하나 걸치지 않은 알몸이었다. 그녀도 훌륭하게 다듬어진 몸매를 가지고 있었다. 그녀는 잠을 더 자고 싶은지 새우처럼 등을 구부리며 무릎을 바싹 끌어당겼다.

「조금만 더……. 신디, 제발…….」

판다는 잠에 취한 몽롱한 목소리로 사정을 했다.

「내버려 두지.」

보란은 바닥에 뒹굴고 있는 담요를 집어 판다를 덮어 주며 나지막하게 얘기했다.

「잠꾸러기 같으니라구. 판다와 난 영화배우예요.」

신디라 불린 여자는 자랑스러운 얼굴로 말했다.

「그렇소?」

보란은 시큰둥하게 대꾸했다.

「믿어지지 않죠? 난 영화에 출연한 적이 있어요. 소위 말하는 떠오르는 샛별이라구요.」

「대단한 아가씨군.」

「당신 혹시 〈한여름밤의 젖은 꿈〉이라는 영화 봤어요?」

「미안하오. 못 봤소.」

보란은 희미한 미소를 지으며 고개를 가로저었다.

「그럼 〈귀염둥이 핫팬티〉나 〈세 사람의 관계〉는요?」

「그것도.」

「당신 같은 점잖은 사람은 그럴 거예요. 모두 포르노 영화예요. 주로 벌거벗은 사람들만 등장하죠. 그런 영화 본 적이 있어요?」

「없소.」

「난 판다와 함께 〈세 사람의 관계〉에 출연했어요. 판다는 동성

연애자 역할을 잘 소화해요. 하지만 난 그런 역은 질색이에요.」

「계속하시오.」

「내 얘기가 재미있나요? 당신은 내 얘길 들으러 이곳에 오신 건가요?」

「천만에.」

「그럼 내가 마피아를 위해 일하고 있지나 않은지 그걸 알고 싶은가요?」

「그런 말을 하진 않았는데?」

보란은 실소를 머금었다.

「하지만 난 알아요. 당신은 벌써부터 그걸 묻고 싶었다구요. 난 눈치가 빠른 편이거든요. 마피아는 이탈리아 출신들이에요. 거기에 가담하고 있는 사람들은 누구나 다 이탈리아인이더군요.」

「그러나 이탈리아인이라고 해서 모두 악당은 아니오. 편견은 빨리 버릴수록 좋소. 이탈리아인들 중에는 훌륭한 일을 해낸 사람도 많다오.」

보란은 정색을 하며 말했다.

「당신을 유혹해서 즐거운 시간을 보내려 했었는데 이젠 틀려 버렸군요.」

신디는 가볍게 한숨을 내쉬었다.

「그 판단은 옳은 것 같소.」

「왜 내가 하는 일은 하나도 되는 게 없지?」

신디가 푸념조로 말했다.

「너무 실망할 건 없소.」

「사실 난 나 자신에 대해 환멸을 느껴요. 하루 6,7시간 동안이

나 휘황한 불빛 아래서 그짓을 해대야 하니…… 얼마나 기가 막
힌 일이에요? 하지만 다른 직업을 구할 형편도 못 되니 그만둘
수도 없어요.」

신디는 몸을 웅크린 채 담요를 덮고 있는 판다를 흘끗 쳐다보
곤 애기를 계속했다.

「판다와 난 소살리토에서 살아요. 다른 애들과 공동 투자하여
배를 한 척 샀어요. 우린 그 배에서 먹고 자고 해요.」

「재미있겠군.」

「난 이놈의 직업을 갖고 난 뒤론 즐거운 마음으로 섹스를 해본
적이 한 번도 없어요. 도무지 현실이 아닌 것 같단 말에요. 뭐가
잘못돼도 단단히 잘못됐나 봐요.」

신디는 천장을 바라보고 드러누우며 크게 한숨을 내쉬었다.
탄력 있는 젖가슴이 오르락내리락함에 따라 가슴의 분홍빛 돌기
가 흔들거렸다.

「그건 상식을 넘어선 일을 너무 자주 겪은 탓일 거요. 로맨스
란 그런 게 아니거든.」

「무슨 뜻이죠?」

「상식적으로 생각해볼 때, 로맨스는 비록 그것이 거짓이라 할
지라도 달콤한 말과 사치스러운 분위기를 좋아한다오. 짐승들도
정을 통하기 위해선 일정한 과정을 거친다는데 사람의 경우엔
말할 나위도 없지 않겠소? 육체의 접촉이 이루어진다 해서 마음
의 문까지 열리는 건 아니란 말이오.」

「당신 말이 맞는 것 같군요.」

신디는 생각에 잠긴 듯한 눈길로 천장의 샹들리에를 올려다봤
다. 그대로 두었다간 언제까지고 그 자세로 생각에 잠겨 있을 것

만 같았다.

「이제 곧 메리 칭이 돌아올 거요. 그녀는 친구들을 데리고 온다고 했소. 당신들이 이곳에 있는 걸 본다면 그녀가 신경질을 낼지도 모르니 그만 돌아가는 게 어떻겠소?」

보란이 타이르듯 말했다.

「그렇군요. 우린 불청객이니 주인이 오기 전에 사라져야지요. 그 정도 예의쯤은 우리도 알고 있어요.」

신디는 벌떡 일어나 앉으며 종알거렸다.

「한 가지 다짐받아야 될 일이 있소.」

보란이 심각하게 말했다.

「뭔데요?」

「나하고 만났다는 얘기를 아무에게도 해서는 안 되오. 알겠소?」

「네. 절대로 말하지 않겠어요.」

「어서 떠날 채비를 해요.」

「저…….」

「말해 봐요.」

「날 만나고 싶으면 기얼리 가에 있는 스튜디오로 오세요. 당분간은 그곳에서 일할 예정이니까요. 아침 8시부터 저녁 6시까지 그곳에서 지내요.」

신디는 갑자기 수줍은 듯 몸을 꼬았다. 그때 담요를 머리끝까지 뒤집어쓰고 있던 판다가 끼여 들었다.

「너 그러다 큰일나겠다. 신디.」

「어머! 너 깨어 있었니. 판다?」

「시끄러워서 도무지 잠을 잘 수가 있어야지. 신디. 저 사내가 맥 보란인 게 틀림없니?」

판다는 담요 밖으로 눈만 빼꼼 내놓은 채 보란의 위아래를 재빨리 훑었다.

「그래.」

「그런데도 저 양반과 마라톤을 하려는 거야? 그건 죽음을 재촉하는 일이야.」

판다는 천천히 담요를 걷어냈다. 그녀의 얼굴에는 서글픔이 담겨 있었다.

「당신 친구의 말이 옳소, 신디. 그건 비단 당신들에게만 국한된 문제가 아니라오. 내 곁에서 멀리 떨어져 있을수록 신상엔 좋은 거요. 그리고 메리 칭을 친구로 생각하고 있다면 그녀와 나에 관한 소문은 내지 말아 주시오. 당신들이 아무 생각 없이 내뱉은 한마디가 그녀를 죽음으로 몰아넣을지도 모르는 일이오.」

보란은 복도로 나왔다. 그는 착잡한 마음을 달래려 애쓰며 어두운 복도 한구석에 서 있었다.

잠시 후 옷을 챙겨 입은 두 아가씨가 방에서 나왔다. 그녀들은 어둠 속에 서 있는 보란을 보지 못하고 누가 뒤에서 쫓아오기라도 하는 듯 허겁지겁 계단을 내려갔다. 서로 다투는 듯한 여자들의 목소리가 점점 멀어져 갔다. 현관문이 소리나게 닫혔다.

보란은 정적이 가득한 어둠 속에 꼼짝도 않고 서 있었다. 세계적인 도시 샌프란시스코는 어쩌면 허울만 좋은 정직과 순수 때문에 악의 무리들에게 먹혀 들어가고 있는지도 모른다는 생각이 보란의 머릿속을 스치고 지나갔다.

# 4
## 적이냐 동지냐

다른 사람과 얘기를 주고받으며 계단을 올라오는 메리 칭의 목소리가 들려 오자 보란은 방의 불을 끄고 조용히 문을 닫은 후 방문 바로 밖의 복도에 서서 어둠과 한몸이 된 채 숨을 죽이고 기다렸다.

그들은 어두운 복도를 더듬거리며 걸어왔다. 메리 칭이 데리고 온 사내들은 모두 세 명이었다.

보란은 그들이 코 앞에 올 때까지 가만히 있다가 불쑥 앞으로 나섰다.

「움직이지 마! 천천히 손을 머리 위에 얹어!」

보란의 목소리는 나지막했으나 오싹 소름이 끼칠 정도로 싸늘했다.

그들은 순순히 명령에 따랐다. 보란은 한손으로 익숙하게 사내들의 몸을 더듬어 무기를 빼앗았다. 메리 칭의 권총까지 넘겨

받은 다음 보란은 그들을 한 사람씩 방으로 들여보냈다.

보란은 맨 마지막으로 들어서며 실내등의 스위치를 올렸다. 사람들은 갑자기 찾아든 밝음에 눈이 시린 듯 속눈썹을 깜박였다.

메리 칭과 같이 온 사내들은 중국인들이었다. 그 동양인들의 모습을 보는 순간 보란은 월남전에서의 기억이 되살아났다. 그러나 그는 의식의 밑바닥에 남아 있는 결코 유쾌하지 못한 기억들을 급히 떨쳐 버리고 그들을 자세히 관찰했다.

중국 사람들은 아시아의 다른 여러 나라 사람들과는 어딘지 모르게 구분되는 점이 있는 것 같았다. 특히 전사(戰士)로서의 그들을 떠올릴 때는 그런 느낌이 더욱 강했다.

그들의 무표정한 얼굴에서는 언제나 강인한 정신력을 읽을 수 있었다. 이른바 중국인들의 대륙적 기질인 강인함은 다른 민족에게서는 찾아보기가 힘들었다. 그들은 오랜 세월 동안 많은 전쟁을 겪으면서 대를 이어 왔다. 몇천 년을 두고 해온 전쟁은 어느새 그들의 생활 구석구석에까지 스며들어서 강인한 성격으로 굳어 버렸다. 보란은 중국인들의 전투 정신을 높이 사고 있었다.

지금 자신의 눈앞에 있는 세 사내 중 두 명은 전형적인 전사였다. 나머지 한 사내는 그 경지를 넘어선, 즉 단순히 힘으로 벌이는 전투뿐만 아니라 머리로 벌이는 싸움에도 능숙한 사람 같은 분위기를 가지고 있었다.

그 사내는 나이가 많이 들어 보였으나 자신의 몸과 마음을 완전히 통제할 능력이 있는 것 같았다. 다른 두 사내는 그의 지휘를 받고 있음에 틀림없었다.

그의 겉모습은 샌프란시스코에서 흔히 볼 수 있는 평범한 양복 차림이었다. 그러나 그를 찬찬히 뜯어본 사람이라면 그에게서 풍겨 나오는 위엄과 함께 모든 사물을 정확히 꿰뚫어보고 냉철한 판단을 내리는 날카로운 두 눈이 은밀하게 감추어져 있음을 알게 될 것이다.

보란은 자신의 권총에서 탄창을 뽑은 다음 그것을 허리에 찬 보조 주머니 속에 넣고 권총은 사내들에게서 압수한 것과 같이 바닥에 내려놓았다. 그것은 보란이 싸울 의사가 없음을 뜻했다.

「난 다니엘 워 판이라 하오.」

중국 노인이 먼저 말을 꺼냈다.

「난 맥 보란입니다.」

보란은 예의를 갖춰 인사했다.

「자리에 앉아서 이야기해요.」

메리 칭이 말했다.

노인은 자리에 앉자마자 바로 본론을 끄집어냈다.

「당신의 적은 곧 나의 적이오.」

「그렇다면 당신도 적이 꽤 많은 편이로군요.」

다니엘 워 판은 보란의 말에 온 얼굴을 주름투성이로 만들며 미소 지었다.

「그 많은 적들은 당신의 눈부신 활약상에 힘입어 눈에 띄게 줄어들고 있소. 우린 힘 자라는 데까지 당신을 돕고 싶소.」

「당신이 날 돕는 최선의 방법을 일러 드릴까요?」

「기꺼이.」

「내 싸움터에서 비켜 주는 겁니다. 나를 도우려는 사람들이 나타나면 난 그들의 안전까지 생각해야 되기 때문에 제대로 싸움을 못 하게 됩니다. 그건 돕는 게 아니라 오히려 방해를 하는 겁니다.」

보란은 노인을 똑바로 바라보며 말했다. 그는 결코 상대를 모욕하겠다거나 잘난 체하겠다는 뜻으로 그런 얘길 한 것이 아니었다. 그것은 언제나 그가 생각하고 있었던 것이고 또 사실이었다.

노인도 그 말의 의미를 이해한 것 같았다.

「샌프란시스코에서는 사정이 조금 다르오. 이곳에는 혼자선 감당할 수 없는 악이 도사리고 있소. 그것은 지금 세대, 즉 당신과 나의 세대뿐만 아니라 나의 아들, 손자의 대에까지 세력을 뻗칠 수 있는 엄청난 힘이오. 그들은 미국내는 물론이고 전세계로 그 세력을 뻗쳐 나가고 있소.」

다니엘 워 판은 중국인 특유의 권위가 깃든 말투로 계속 얘기했다.

「샌프란시스코를 얕보지 마시오. 이곳은 독불 장군이란 말이 어울리지 않는 장소요. 내가 이런 말을 하는 것은 우리가 당신의 힘을 꼭 필요로 해서가 아니오. 내가 이런 이야기를 하는 것은 우리의 실상을 알게 된다면 오히려 당신이 우리에게 의지하고 싶어하리라는 생각 때문이오.」

워 판은 탐색하듯 보란을 쳐다보았다. 보란은 노인이 말하는 〈우리〉란 단순히 그곳에 있는 세 사람을 가리키는 것이 아니라 더 큰 조직체를 암시하는 것이라고 생각했다. 그런 판단을 내리고 나자 자신의 눈앞에 꼿꼿하게 앉아 있는 노인이 어떤 인물인지 확연하게 머릿속에 떠올랐다. 보란은 워 판이 〈통〉의 우두머리일 가능성이 짙다고 생각했다.

〈통〉은 중국인들의 비밀 결사를 일컫는 말로 오늘날 서구 사회에서 마피아와 비슷한 힘을 가지고 있었다. 특히 샌프란시스코에서는 복권, 아편, 매춘 알선, 인신 매매, 청부 살인을 비롯해서 차이나 타운의 암흑가에서 벌어지는 각종 범죄 행위를 전문적으로 도맡아 왔었다.

보란이 수집한 정보가 정확한 것이라면 오늘날 차이나 타운의 온갖 자질구레하고 야비한 범죄 조직들은 보다 큰 규모인 마피아 조직으로 흡수되었고 〈통〉은 좀더 양식 있고 점잖은 업무를 차지하게 되었다.

그리고 그들은 상업계와 정계에서 전설로 남을 만한 일을 하는 데 온갖 노력과 정열을 쏟아 붓고 있었다. 그것을 계기로 미국에 살고 있는 중국인들 사이에 새로운 바람이 일기 시작했다.

보란은 문득 칼 라이온스 형사가 한 말이 생각났다. 순전히 우연이긴 했지만 라스베이거스에서 그와 만났을 때 보란은 중요한 정보를 얻어들었다.

「알았어. 마피아가 새로 사업을 벌이는 상대를 가르쳐 주지. 그건 중국이야.」

링거 바늘을 꽂고 침대에 누운 채 라이온스가 말했었다.

「뭐라구?」

「중국이란 말야. 어때 굉장하지 않은가? 거래량도 상당한 수준에 달한다고 하더군.」

「취급하는 상품은?」

「없는 것이 없지. 조만간 이 도시는 세계 최대의 암시장으로 발전하게 될지도 몰라.」

보란은 라이온스가 일러준 정보를 되새기며, 지금 전세계로 손길을 뻗치고 있는 범죄 세력에 대한 얘기를 하는 중국 노인을 뜯어보았다. 그는 등골이 서늘해지는 것 같은 기분을 떨쳐 버릴 수가 없었다.

「난 죽음을 기다리며 죽음보다 더한 시간을 살아가고 있습니다. 그렇기 때문에 하루를 무사히 보내고 이튿날 아침에 떠오르는 태양을 보게 되면 그날은 보너스로 얻은 것이라고 생각합니다. 다시 말해 내가 하루를 더 살 수 있느냐 아니면 피투성이가 된 채 차가운 길바닥에 나동그라지느냐 하는 것은 내겐 별 의미가 없습니다. 도와 주겠다는 말씀은 고맙지만 내 전투는 결국 내가 생각하는 방식대로 끌고 나갈 수밖에 없다는 걸 누구보다 나 자신이 잘 알고 있습니다.」

보란은 조용히 말문을 닫았다.

다니엘 워 판은 보란의 속마음을 읽어 내려는 듯 날카로운 눈길로 보란을 뜯어보았다. 중국 노인은 보란이 좀더 구체적이고 확실한 것을 원하고 있다는 판단을 내린 것 같았다.

「그렇다면 할 수 없군. 좋도록 하시게.」

워 판은 자리에서 일어섰다. 그는 아무런 인사도 남기지 않고 문을 열고 나섰다. 그와 동반한 두 사내도 바닥에 놓여 있는 자신들의 총을 집어들더니 말없이 노인의 뒤를 따랐다.

메리 칭은 당황한 얼굴로 황급히 그들을 따라 밖으로 나갔다가 잠시 후에 되돌아왔다. 그녀는 방문을 거칠게 닫고는 화가 잔뜩 난 표정으로 보란을 쏘아보았다.

「그들을 무시해서가 아니오. 당신이 나중에 그들에게 잘 얘기해 주시오.」

보란은 바닥에서 자신의 총을 집어들며 탄창을 끼워 넣었다. 그는 볼일을 다 보았다는 듯이 문 쪽으로 걸어갔다.

「잠깐만!」

메리 칭이 날카롭게 소리쳤다.

「너무 시간을 많이 허비했소.」

보란은 미소를 지으며 그녀를 돌아보았다.

그녀의 겉모습은 분명 동양 여성의 그것이었다. 그러나 그녀의 행동은 수줍고 겸손한 동양 여자들과는 매우 달랐다. 보란의 눈에는 그녀가 고등 교육을 받은 덕분에 나름대로의 사상을 갖고 있지만 그것이 설익은 주장이라는 걸 깨닫지 못한 채 까불거리는 전형적인 미국 여자로 비쳤다. 그래도 보란은 그녀가 마음에 들었다.

「하지만……」

「여기 있던 당신 친구들은 나 때문에 딴 곳으로 갔소.」

「내 친구들?」

중국 여자는 눈을 동그랗게 떴다.

「섹스의 은총을 입지 못하고 있는 사람들을 위해 샌프란시스코가 마련해 놓은 선물 같은 아가씨들 말이오. 판다와 신디라던가……?」

「어머! 그애들이 여기 있었다구요? 난 전혀 몰랐는데요?」

메리 칭은 갑자기 근심스러운 표정을 지었다.

「그렇다면 내가 시키는 대로 하시오. 당신은 며칠 동안 이곳을 떠나 있는 게 좋겠소.」

「왜요?」

「젊은 여자들은 원래가 수다스럽잖소. 게다가 큰 비밀을 갖고 있을 때는 그걸 남에게 알리고 싶어 몸살을 하는 게 보통이지. 만일 그녀들이 조심성 없이 입을 놀린다면 그 즉시 죽음의 그림자를 몰고 다니는 무지막지한 녀석들이 이곳을 쑥밭으로 만들어 버릴 것이오. 그러니까 미리 피하는 것이 현명하지 않겠소?」

메리 칭은 보란의 말을 잠시 생각해 보는 눈치였다.

「알겠어요.」

그녀는 입술을 지그시 깨물며 고개를 끄덕였다.

보란은 돌아서서 문의 손잡이를 잡았다.

「제발……! 가지 말아요.」

메리 칭은 몹시 당황해 하며 문을 막아섰다.

「여러 가지로 고마웠소.」

보란은 여자를 옆으로 밀쳐낸 후 문을 열었다.

순간 보란은 어두운 복도를 걸어오는 한 사내를 발견하곤 깜짝 놀랐다. 그 사내도 보란 못지 않게 놀라며 그 자리에 우뚝 섰다.

발소리를 죽이며 메리 칭의 방을 향해 조심조심 다가오던 사내는 갑작스레 벌컥 문이 열리며 빛이 몰려 나오자 어쩔 줄 모르고 그 자리에 굳은 듯 서버린 것이었다.

보란은 그 사내를 한 번도 본 적이 없었다. 그러나 사내의 모습을 본 순간 그 사내가 어떤 일을 하는 녀석인지 한눈에 알아볼 수 있었다.

마피아의 전투원임에 분명한 그 사내는 권총을 꺼내려는 듯 재킷 속으로 손을 밀어넣었다. 그러나 보란이 한 동작 빨리 권총을 뽑아 들었다. 소음기가 부착된 베레타는 나지막하게 기침을 토하며 뜨거운 납덩이들을 뿜어 냈다. 첫발은 사내의 손을, 두 번째와 세 번째 총알은 각각 머리와 가슴을 뚫어 버렸다.

사내는 한마디 비명도 지르지 못한 채 사지에 경련을 일으키다 이내 썩은 나무토막처럼 바닥에 나뒹굴었다. 실로 눈 깜박할 사이에 일어난 일이었다.

보란은 널브러진 시체를 흘끗 쳐다보곤 곧장 현관 쪽으로 달려갔다. 그는 현관문이 벌어진 틈으로 밖을 살펴보았다. 보란은 마피아의 전투원들이 출동할 경우에는 둘씩 짝을 지어 행동하는 것이 관례로 되어 있음을 잘 알고 있었다. 그는 위층에 널브러져 있는 녀석과 한쌍인 놈이 바깥 어디엔가 있을 것이라고 생각했다.

그의 추측대로 길 건너편에 한 사내가 서 있었다. 사내는 사람들의 시선을 끌지 않는 자세로 태연한 척하며 벽에 기대서 있었으나 마음속으로는 몹시 초조해 하고 있음에 틀림없었다.

보란은 다시 이층으로 올라갔다. 그는 멍청하게 시체를 바라보고 있는 메리 칭을 방 안으로 떼밀었다.

「여기서 꼼짝하지 마시오.」

보란은 방문을 닫은 다음 급히 계단을 내려와 거리로 나섰다. 그리고는 길 건너편에 있는 사내에게 다가가며 말을 걸었다.

「이봐!」

사내는 본능적으로 위기가 다가왔음을 느끼고 벽에서 몸을 떼면서 재빨리 총을 꺼내려 했다.

그러나 보란의 베레타는 이미 뜨거운 기침을 토하고 있었다.

보란은 급히 길을 건너 앞으로 무너져 내리는 사내를 붙잡아 어깨에 둘러메고 좁고 지저분한 골목으로 들어갔다. 그는 선물가게 뒷문 옆에 붙어 있는 쓰레기통 속에 사내를 구겨 박은 다음 잽싸게 메리 칭의 방으로 되돌아갔다.

메리 칭은 꼼짝하지 말라는 보란의 명령을 완전히 무시하고 있었다. 그녀는 복도의 시체를 방 안에 끌어다 놓고 주머니를 몽땅 뒤집어 보는 중이었다.

보란이 방으로 들어오는 걸 보며 그녀는 힘없이 입을 열었다.

「얼굴이 짓이겨져 확인할 수는 없지만 누군지는 대충 알겠어요. 프랑코 로렌티스의 부하 같아요.」

「〈미치광이〉 로렌티스?」

「네. 그 사람 부하 중에 랠프라고 불리던 사낸 듯싶어요. 늘 무서운 눈초리로 사람들을 감시하며 다녔어요. 벙어리처럼 언제나 입을 굳게 다물고 말예요.」

메리 칭은 고운 이마에 주름을 만들며 한숨을 내쉬었다.

보란은 그녀를 일으켜 세워 카우치로 데려갔다. 그녀는 심한 충격을 받은 듯 얼굴이 창백해져 있었다. 보란은 담배에 불을 붙여 그녀에게 건네 주었다.

「자, 얘기해 봅시다. 〈미치광이〉 로렌티스가 어떻게 당신에게 관심을 갖게 됐소.」

보란은 한쪽 무릎을 굽히고 그녀가 앉아 있는 카우치 앞에 앉아 그녀를 뚫어지게 쳐다보았다.

「그가 관심을 갖고 있는 쪽은 내가 아니라 다니엘 워 판이었던 것 같아요. 분명 미스터 워 판에게 미행을 붙였을 거예요.」

그녀는 담배 연기를 빨아들였다가 천장을 향해 길게 내뿜었다.

「글쎄, 그럴까?」

「무슨 뜻이죠?」

「당신 말대로라면 계속 워 판을 뒤쫓아갈 일이지 왜 여기서 우물거리고 있었겠소?」

「그건…… 나도 모르겠군요.」

「내 생각을 말해 볼까?」

메리 칭은 고개를 끄덕였다. 보란은 천천히 몸을 일으키며 말했다.

「이 랠프란 놈은 워 판을 미행한 게 아니라 워 판과 함께 이곳에 왔을 거요. 그리고 밖에서 기다리고 있다가 워 판이 돌아가면서 위층으로 올라가라고 명령하자 그의 말을 따라 이층으로 올라왔던 거요.」

「그런 터무니없는!」

메리 칭은 눈썹을 치켜 올리며 소리쳤다.

「내 말을 부정할 만한 뚜렷한 근거라도 있소?」

보란은 날카롭게 물었다.

「그건…….」

「그건?」

「아, 아니에요. 이젠 당신 가고 싶은 곳으로 가도록 하세요.」

갑자기 메리 칭은 쌀쌀맞은 목소리로 말했다.

「물론 그렇게 할 거요. 하지만 아직은 갈 수 없소. 어젯밤에 당신은 차이나 가든에서 무얼 하고 있었소?」

「거긴 내가 근무하는 곳이에요.」

「근무?」

보란은 조금도 늦추지 않고 계속 질문을 퍼부었다. 마침내 보란의 집요한 질문과 매서운 시선을 견뎌 내지 못한 그녀는 힘없이 고개를 떨구었다.

「실은 난 미스터 워 판을 위해 일하고 있어요. 차이나 가든을 쭉 감시하고 있었어요.」

「뭣 때문에?」

「그곳에서 어떤 종류의 일이 벌어지고 있는지는 당신도 잘 알고 계실 거예요.」

「그들이 하는 짓은 물론 잘 알고 있소. 하지만 그곳엔 워 판이 궁금해 할 만한 게 없을 것 같던데?」

「그분은 모든 문제에 큰 관심을 갖고 계세요.」

「예를 들면?」

보란은 끈질기게 물고 늘어졌다. 그녀는 고개를 번쩍 들었다. 적의를 품은 그녀의 눈동자는 싸늘하게 빛나고 있었다.

「이를테면 미국 정부의 방침이 중공과 화해하려는 쪽으로 기울고 있잖아요? 그런 화해 무드는 몹시 큰 위험을 품고 있어요.」

보란은 속으로 코웃음을 쳤다. 메리 칭이 둘러대고 있는 얘기는 마피아 조직의 속성을 누구보다 잘 아는 보란이 판단하건대 전혀 맥이 닿지 않는 것이었다.

「그런 황당한 얘기는 그만두시오. 그런 얘기에 로렌티스가 등장하는 건 어울리지 않으니까.」

보란은 문에 기대서며 말했다.

「당신이 뭘 안다고 그래요? 미국의 암흑가는 벌써부터 중공과 거래를 해왔어요. 그래서 중공 본토를 상대로 하는 거래를 미국 정부가 정식으로 금지한 이후부턴 어려운 문제가 종종 생기곤 했죠. 그런데 중공 본토에 대한 무역을 합법적인 것으로 돌릴 수만 있다면 어떤 사태가 일어날 것 같아요? 생각이나 해보셨어요?」

메리 칭은 무릎을 포개며 카우치에 비스듬히 기댔다. 그녀의 얼굴은 여전히 창백했으나 충격은 이미 가라앉은 듯싶었다. 그녀는 싸늘한 어조로 얘기하면서 한쪽 다리를 흔들었다. 넓적다리에서 무릎을 지나 발목으로 이어지는 매끄러운 곡선이 보란의 눈길을 끌었다.

「글쎄? 그 문제는 솔직히 잘 모르겠는 걸? 당신이 알기 쉽게 얘기해 주겠소?」

「지금은 정치학이나 경제학을 강의할 때가 아니잖아요? 그럴 만한 시간도 없구요. 대체 이 시체는 어떡하죠?」

메리 칭은 슬쩍 말머리를 돌렸다.

「그건 내가 알아서 처리하겠소. 워 판이 직면하고 있는 문제가 뭔지 내게 알려줄 수 있겠소?」

보란은 못마땅한 표정을 지었다.

「모두 급박한 것들뿐이에요. 그분은 합법적으로 장사를 하는 중국인들을 보호하려 해요.」

「그런데 사태가 심각하다는 얘기요?」

「대충 그런 거죠. 또 물어볼 게 있나요?」

「차이나 가든이 문을 닫고 한 시간이나 지난 후까지 당신은 그곳에서 뭘 하고 있었소?」

「정보 수집을 했어요.」

「정보라구? 어떤 종류의?」

메리 칭은 잠시 보란을 쏘아보더니 자세를 고쳐 앉았다.

「그게 당신과 무슨 상관이 있죠? 어차피 지금은 모두 잿더미가 되어 버렸잖아요.」

「하지만 궁금하군.」

보란은 진지한 얼굴이었다. 그녀는 한동안 입을 다문 채 생각에 잠기는 눈치였다.

「좋아요. 얘기하죠. 난 어떤 물건의 행방을 추적하던 중이었어요.」

그녀는 한숨을 내쉬었다.

「물건이라니?」

「가짜 골동품들이에요. 명나라 자기들을 위조한 거라고 하더군요. 나도 본 적은 없어요. 이번 주에 도착하기로 되어 있었는데…….」

「어떤 루트를 통해 들어오기로 했소?」

「그걸 알아내려는 순간 당신이 그곳을 불바다로 만들었다구요! 도대체 그곳에 나타난 이유가 뭐죠? 그리고 갑자기 왜 이렇게 큰 관심을 보이는 거예요?」

메리 칭은 입가에 냉소를 머금으며 쏘아붙였다.

보란은 그녀의 표정과 몸놀림이 변하는 걸 하나도 놓치지 않고 지켜보았다. 그는 그녀의 얘기를 아무 의심 없이 그대로 받아들일 수는 없다고 판단했다. 비단 그녀뿐 아니었다. 맥 보란에게 있어서는 함부로 남을 믿는다는 것은 지극히 위험한 일이었다. 하지만 그녀의 얘기를 계속 듣는다 해서 손해볼 것은 없었다.

「이봐요, 아가씨. 난 당신을 죽음으로 몰아넣고 싶진 않소. 조금 전까지만 해도 살인 청부업자들이 이 집 앞을 서성거리고 있었다는 걸 어떻게 생각하오? 그러니 정신 똑바로 차리고 묻는 말에 대답하시오. 프랑코 로렌티스가 부하들을 이곳에 보낸 까닭이 무엇인 것 같소?」

「전혀 짐작이 안 가요.」

그녀는 한풀 꺾인 목소리였다.

「차이나 가든에서 당신을 처음 봤을 때 당신은 몹시 서둘고 있는 듯했소. 누군가에게 쫓기고 있었던 건 아니오?」

「아니에요. 난 아무에게도 발각되지 않았다고 확신해요.」

메리 칭은 고개를 저으며 카우치에서 일어섰다.

「그래서 당신은 이 두 녀석이 워 판을 미행해 왔다고 생각했소?」

보란은 초조한 듯 방 안을 서성거리는 중국 여자를 눈으로 쫓으며 물었다.

「네. 그런데 두 녀석이라니요? 한 명뿐이잖아요?」

「이놈과 같이 온 것으로 여겨지는 놈이 바깥에 있었소.」

「당신은 그 사람마저……!」

메리 칭은 우뚝 서더니 검은색 눈동자를 활짝 열고 그를 쳐다보았다.

「물론 그놈도 깨끗이 처치했지.」

「도무지 일이 어떻게 돌아가는지를 모르겠군. 모든 걸 내동댕이치고 싶을 뿐이에요.」

그녀는 두 팔로 자신의 몸을 감싸안으며 길게 한숨을 내쉬었다.

「그렇게 하긴 이미 늦었소.」

보란은 갑자기 측은한 생각이 들어 그녀에게 다가가 떨리는 어깨를 부드럽게 어루만져 주었다.

「그만 갑시다.」

「어디로요?」

「목적지는 나가서 생각합시다. 일단 여기를 벗어나는 게 급선무니까.」

「그건…… 당신이 날 보호해 주겠다는 뜻인가요?」

「우선은 그렇게 해야 할 것 같소.」

보란은 짐짓 무뚝뚝하게 대꾸했다. 그는 바닥에 뒹구는 사내의 시체를 보이지 않게 담요로 잘 싸서 어깨에 둘러멨다.

메리 칭은 마음을 굳게 다져 먹으려는 듯 심호흡을 한 다음 앞장서서 방을 나섰다. 두 사람은 발소리를 죽여 어둠침침한 복도를 지나 계단을 내려갔다.

그들이 현관을 빠져 나와 길을 따라 약 20야드쯤 걸어갔을 때 그들의 뒤쪽에서 다가오는 자동차 엔진 소리가 들렸다. 보란은 길 옆 가게의 그늘 속으로 들어가 자동차가 지나갈 때까지 기다리기로 했다.

그러나 두 줄기 밝은 불빛을 곧게 내뻗으며 달려오던 자동차는 방금 그들이 빠져 나온 건물 앞에 멈춰 섰고 이어 헤드라이트가 꺼졌다.

보란은 집게손가락으로 메리 칭의 입술을 지그시 누르며 조용히 하라는 신호를 보냈다. 그는 새벽의 대기 속을 달려온 자동차를 뚫어져라 쳐다보았다.

운전석 문이 열리며 푸른색 정복을 입은 덩치 큰 사내가 밖으로 나왔다.

「저 사람을 본 적이 있소?」

사내가 건물 안으로 사라지자 보란은 메리 칭에게 물었다.

「버니 깁슨 같은데요?」

「아는 사람이오?」

「항만 지구 경찰서장이에요.」

「당신과는 어떤 사이요?」

「아무 사이도 아녜요.」

두 사람은 다시 걷기 시작했다.

보란은 좁고 지저분한 골목길을 찾아 어깨에 둘러멘 짐을 쓰레기 더미 속에 파묻어 버렸다. 철야 영업을 하는 가게 앞을 지나며 보란은 슬쩍 눈을 돌려 가게 안에 걸린 시계를 보았다. 새벽 5시가 가까워지고 있었다.

보란은 러션힐 쪽으로 방향을 잡았다.

# 5
## 정보 수집

샌프란시스코에 들러 파웰 시장에서부터 어선 정박장까지 이르는 케이블카를 타본 사람이라면 누구나 자신의 발 아래 펼쳐졌던 장관을 쉽사리 잊을 수 없으리라. 특히 러선힐에서 하이드 가를 지나 베이에 이르는 마지막 내리막길은 그 장관의 절정이라고 할 수 있다.

언덕 꼭대기에서는 베이의 북부 일대가 한폭의 그림처럼 눈길을 사로잡으며 금문교에서 임바케이드로 이어지는 파노라마 안으로 메이슨 항, 바다 공원, 알 카를라스 섬이 한눈에 들어온다. 게다가 맑은 날이면 멀리 머린 카운터의 울퉁불퉁한 모습까지 보인다.

그러나 안개가 잔뜩 낀 새벽길을 걸어가야 하는 보란과 메리 칭에게는 그 아름다운 러선힐도 한낱 기운을 빼앗는 장애물에 지나지 않았다.

러션힐 북쪽 경사면에 자리잡은 커다랗고 낡은 삼층짜리 건물
은 개인 저택을 아파트로 개조한 것이었다. 그 아파트는 로먼 데
마르코가 자랑하는 호화 저택과 불과 몇 블록밖에 떨어져 있지
않았다.

중국 아가씨와 함께 그 아파트에 이르렀을 때, 전투로 단련된
보란이었지만 몹시 숨이 가쁜 것은 숨길 수가 없었다.

「이 길을 걸어서 오게 되리라곤 생각도 못 해 봤는 걸.」

보란은 심장이 세차게 펄떡이는 것을 느끼며 메리 칭을 돌아
보았다. 그녀는 얼굴이 벌겋게 달아오른 채, 숨이 턱에 닿아 보
란의 말에 대꾸할 엄두도 내지 못하고 고개만 끄덕였다.

보란은 빙그레 웃으며 그녀를 건물 뒤쪽으로 데려갔다.

「여기서 숨 좀 돌립시다.」

보란은 건물의 벽에 기대섰다.

「여기서…… 이렇게 힘들게…… 와서…… 여기서 뭘 하려는
거죠?」

메리 칭은 거친 숨을 몰아 쉬며 사방을 두리번거렸다.

「저기 비상 계단이 보이오? 저게 바로 내가 즐겨 사용하는 통
로요.」

보란은 담쟁이 덩굴로 뒤덮인 철제 계단을 가리켰다.

「저곳으로 쳐들어갈 생각이에요?」

메리 칭은 어느 정도 진정이 된 듯 바람에 헝클어진 머리칼을
손가락으로 쓸어 올렸다.

「천만에! 난 이곳에 살고 있소.」

「뜻밖이군요.」

「구경해 보겠소?」

「별로 흥미는 없지만 못 가볼 이유도 없겠죠.」

그녀는 보일듯 말듯한 미소를 지었다.

그들은 비상 계단 쪽으로 다가갔다. 계단의 아랫부분이 삭아서 떨어져 나가 첫째 계단을 디디려면 최소한 3피트는 뛰어야 할 것 같았다.

「난 어떻게 올라가죠? 높이뛰기에는 전혀 옛날부터 소질이 없는데⋯⋯.」

메리 칭은 눈살을 찌푸렸다.

보란은 킬킬거리며 계단으로 펄쩍 뛰어 올라갔다. 계단이 힘겨운 소리를 내며 흔들렸다.

「내 손을 잡으시오.」

보란은 여자의 손목을 꼭 쥐는 것과 동시에 힘껏 위로 당겨올렸다. 그들은 맨 위층까지 올라갔다.

보란의 방 창문은 정확하게 2인치 열려 있었고 커튼은 1인치 벌려진 채였다. 보란이 그곳을 나가면서 세심한 주의를 기울여 해놓은 대로였다. 만일 침입자가 있었다면 그 상태에 변동이 있었을 것이고 보란의 단련된 신경이 그것을 잡아내지 못할 리 없었다.

그러나 보란은 조금도 경계를 늦추지 않았다. 본능에 가까운 그의 조심성이 어느 한순간도 긴장을 푸는 걸 용납하지 않았기 때문이었다.

「여기서 잠시 기다려요.」

보란은 낮은 소리로 말했다.

그는 창문을 열고 창틀을 넘어 안으로 들어갔다. 메리 칭은 알지 못할 불안을 느꼈다.

잠시 후 방 안에 불이 켜졌고 보란의 미소 띤 얼굴이 창가에 나타났다.

「들어와도 좋소.」

보란이 손을 내밀었다.

메리 칭은 드레스 아랫단을 넓적다리까지 둘둘 말아 올리고 한쪽 다리를 창틀 위에 올려놓았다. 우윳빛 넓적다리 안쪽의 은밀한 부분이 잠깐 보였다가 이내 가려졌다.

보란은 창으로 들어오는 여자를 부축해 바로 세운 후 블라인드를 완전히 내리고 커튼도 쳤다.

메리 칭은 굳은 얼굴로 조심스럽게 방 안을 들여다보았다.

「좀 누추하긴 하지만 생활에 지장은 없소.」

보란은 다 낡아빠진 카우치에 털썩 주저앉았다. 카우치는 요란한 소리를 냈다. 보란이 몸을 움직일 때마다 카우치는 삐걱이며 신음을 내질렀다.

「난 누추하다는 말 따위는 하지 않았어요. 다만…… 당신은 항상 그렇게 조심성이 많은지 그게…….」

「그렇지 않고선 살아남기 힘드오. 전투중에 몸에 밴 버릇이라고 할까? 주방은 저쪽이오. 커피라도 끓이지 않겠소? 난 전화를 해야겠는데.」

「아예 한살림 장만해 놓으신 모양이군요.」

메리 칭은 내키지 않는 걸음으로 주방 쪽으로 갔다.

보란은 동부 지역에 장거리 전화를 신청했다. 교환을 거쳐야만 통화가 가능한 그곳으로 전화하기엔 지금이 가장 안성맞춤인 때 같았다.

보란이 부탁한 번호에 접속이 되었는지 멀리서 신호음이 들려 왔다.

세 번째 신호음이 울리자 상대방이 나왔다. 보란은 교환과 상대방의 대화를 가만히 듣고 있었다.

「샌프란시스코로부터 걸려온 전화입니다. 라만차 중사를 찾으신다는군요.」

「그런 사람은 없는데요.」

「번호를 확인해 봐야겠습니다.」

전화를 받은 상대방은 번호는 맞지만 라만차라는 사람이 없다고 말하곤 먼저 전화를 끊었다.

교환이 보란에게 말을 걸었다.

「미안합니다. 피츠필드의 안내에게 문의해 볼까요?」

「괜찮소. 내가 전화 번호부를 찾아보겠소.」

보란은 가볍게 대꾸하고 전화기를 내려놓았다. 그는 담배를 한 개비 꺼내 물었다. 그때 주방의 문가에 서 있는 메리 칭이 시야에 들어왔다. 그녀는 보란과 눈이 마주치자 미소를 지으며 천천히 그에게 다가왔다.

「주방이 엉망이로군요. 당신, 살림 솜씨는 그리 좋은 편이 아닌가 봐요.」

「커피는 찾았소?」

보란은 아무 표정도 없이 물었다.

「네. 통화하셨어요?」

「아직.」

보란은 담배 연기로 동그라미를 만들었다.

「저……」

「말해 봐요.」

「고마워요.」

「뭐가?」

보란이 눈썹을 조금 치켜 올렸다.

「날 이곳으로 데리고 와줘서요. 그건 날 믿는다는 뜻 아녜요? 의심 많은 당신이 날 믿어 준다는 게 고마워요. 그리고 당신이 한편으로 얼마나 불안해 하는지 조금은 알 것 같아요.」

그녀는 눈길을 떨어뜨리고 기다란 손톱 끝에 시선을 주었다.

보란은 담배 연기만 내뿜을 뿐 아무런 대꾸도 하지 않았다. 그녀가 다시 입을 열었다.

「난 당신 같은 일을 하는 사람들은 항상 호화스럽게 지내는 줄 알았어요. 번쩍거리는 자동차에 최고급 음식, 최고급 술, 일류 호텔에서 미끈한 여자들을 끼고…….」

「그건 내 적들의 경우요.」

보란은 쓴웃음을 머금었다. 그는 담배를 비벼 끈 후 전화기를 들고 메리 칭을 쳐다보았다. 그녀는 가볍게 고개를 끄덕이고 다시 주방으로 들어갔다.

이번에는 교환을 거치지 않고 직통 전화 번호를 돌렸다. 그 번호는 레오 터린의 집에서 얼마 떨어지지 않은 곳에 있는 공중 전화 번호였다.

레오 터린은 맥 보란 중사가 고향 피츠필드에서 마피아 전투를 시작했을 때부터 알고 지낸 마피아 간부였다. 보란의 여동생이 희생된 콜걸 조직을 다스리던 사람도 바로 그였다. 그러나 레오 터린은 마피아이기 이전에 경찰 간부였다. 지금도 그는 경찰과 마피아와의 싸움에서 정의가 이길 수 있도록 숨어서 애를 쓰고 있었다. 그리고 보란이 벌이고 있는 전투에서 보란의 생존 가능성을 높이는 데 톡톡히 한몫을 하고 있었다.

그들 두 사람은 서로 상대편의 정체가 탄로나지 않도록 세심한 주의를 기울였고 그들만의 접선 방법도 확보하고 있었다. 보란은 아직도 자신의 총구 앞에서 조금도 당황하지 않고 구두 속에 숨겨 놓은 경찰 신분증을 꺼내기 위해 신을 벗던 레오 터린의 모습을 잊지 못했다.

보란이 다이얼을 다 돌리고 난 후 첫번째 신호음이 떨어지자 상대방이 나왔다.

「여보세요.」

보란은 전선을 타고 들려 오는 상대의 목소리를 듣는 순간 다소나마 안도의 한숨을 내쉴 수 있었다.

「나야.」

보란이 대답했다.

「자네가 나의 단잠을 깨우지 않은 걸 다행으로 생각하겠네. 그건 그렇고 제발 그곳에서 손을 떼게.」

터린은 근심스럽게 말했다.

「그럴 순 없어. 이제 막 쇠가 달아올랐다구. 단 김에 내려쳐야지.」

「그러나 자네 생각처럼 그렇게 충분히 단 건 아냐. 지금 미국의 동부와 서부 사이를 오고 가는 무전 연락은 온통 자네 얘기뿐이라네.」

「무슨 내용인데?」

「뻔하지 않아? 한마디로 자네를 없애 버리라는 거지.」

터린의 한숨 소리가 3000마일을 달려왔다.

「벌써 그곳에 소문이 퍼졌나?」

「벌써가 아니야.」

「그놈들의 연락망은 날로 개선, 발전되는 모양이군.」

보란은 킬킬거렸다.

「그 말도 맞긴 하지만 처음으로 내게 알려온 건 놈들이 아니야.」

「그럼?」

「자네가 첫번째 공격을 하기가 무섭게 경찰의 무전기에서 불이 났었다네. 자네 제임스 매치슨이란 이름 들어 보았나?」

「글쎄? 내가 알아야 할 사람인가?」

「당연히 알아야지. 그는 범죄로부터 샌프란시스코를 지키기 위해 편성된 특수 기동대의 반장이야. 그들은 공개적인 싸움을 벌일 수 있네. 공식 명칭은 브러시 파이어 강력반.」

「그들의 작전 목표가 바로 나란 말인가?」

보란은 시큰둥하게 물었다.

「그래. 샌프란시스코에서 겁없이 설치는 자네를 침묵시키겠다고 큰소리치고 있네.」

「난 설치고 다니지 않았는데.」

「아무튼 그들은 자네를 쓸모없는 고깃덩어리로 만들어 쓰레기통 속에 쑤셔 넣지를 못해 안달이라구.」

「매치슨이 직접 그런 얘길 하던가?」

「그렇다니까. 난 양쪽에 다 선이 닿아 있으니 말일세. 나에게 제일 먼저 연락이 온 건 내가 맥 보란에 관한 한 최고 권위자로 통하기 때문이지. 그 친구완 일반 연락망을 통해 접선했었는데 3000마일이나 떨어진 곳에 있으면서도 그 친구의 시퍼런 서슬을 보는 것 같았다니까. 제발 내 말대로 그곳에서 물러나게.」

「여기 일은 내가 알아서 처리할 테니 아무 염려 말게. 그것보다 로먼 데마르코에 관한 얘길 해주겠나? 그가 벌여 놓고 있는 일들은 어떤 것들인가?」

「늘상 놈들이 하는 그런 짓거리지.」

터린의 목소리에서는 몸을 사리는 듯한 느낌이 풍겨 나왔다.

「그래도 나름대로의 특성이 있을 것 아닌가?」

「이봐, 제발 날 곤란하게 만들지 말게. 자칫하다간 경찰과 놈들, 양쪽에서 다 밀려난다구. 내가 자네에게 정보를 흘리는 걸 알면 경찰은 경찰대로 길길이 날뛸 거고 놈들은 놈들대로 복수를 하기 위해 혈안이 될 걸세. 왜 자네는 전화 걸 때마다 내 속을 뒤집어 놓는 거지? 그냥 안부만 물어볼 수는 없나? 〈그 동안 별일 없었나? 날씨는 어때? 봉급은 올랐어? 쉼쉬는 데 지장은 없고〉 정도로 끝내 주면 좋겠어.」

레오 터린은 또다시 길게 한숨을 쉬었다.

보란은 시간 계산을 해보았다. 샌프란시스코와는 세 시간 차이가 나니까 지금쯤 그곳은 아침 9시에 가까워지고 있을 것이다. 아침부터 보란의 전화를 받은 터린이 안절부절못하며 공중전화통에 매달려 있는 모습을 상상하고 보란은 마음속으로 미소를 지었다.

「좋아. 그럼 자네 콧구멍 청소는 잘 해놓았나? 숨쉬기 편하게 말야.」

보란의 대꾸에 레오 터린은 웃음을 터뜨렸다.

「평소와 같아. 자넨 놈들의 일반적인 사업이 아닌 다른 것을 덮치고 싶은 건가?」

「말뜻을 잘 알아들으면서 딴청이었군. 그렇다네. 난 이제 겨우 움직이기 시작했을 뿐인데, 놈들은 한방 맞고 나더니 무당벌레처럼 죽은 듯이 엎드려 있어. 모든 것이 올 스톱된 상태라구.」

「그건 놈들의 수뇌부로부터 하달된 명령이야.」

「그래?」

「그리고 또 한 가지, 샌프란시스코에는 항만 보호 회사라는 것이 있다는 걸 곧 알게 될 거야.」

「뭘 보호한다는 건가?」

「샌프란시스코 만을 공해로부터 보호한다는군.」

「언제부터 놈들이 공해에 대해 신경을 쓰게 됐지? 놀라운 이야기야. 하긴 놈들은 옛날부터 인구 문제에 관심을 갖고 있었지. 인구가 너무 많다고 무차별 학살을 해왔으니까.」

보란은 냉소적으로 말했다.

「바야흐로 놈들은 산업 공해 문제에까지 손을 대게 됐네.」

터린은 킬킬거리며 대꾸했다.

「그렇다면 그곳에서도 돈 냄새가 풍기는 모양이군.」

「바로 그거야. 자세한 내막은 모르겠지만 엄청난 현금이 걸려 있는 것 같아.」

「놈들은 선천적으로 깨끗한 일은 할 수 없는 생리인가 보군.」

「그럴지도 모르지. 토머스 베리치라는 놈을 아는가?」

「항만 지구에서 설치는 놈 말이지?」

「맞아. 그놈이 항만 보호 회사의 배후 인물이야. 놈은 나서길 즐기는 모양이더군. 그런데 연방 수사국에서 놈의 활동을 감시하곤 있지만 이렇다 할 확증을 잡진 못하고 있어. 그리고 짭짤하게 재미를 보던 항만 지역 중심의 회사들이 거의 동시에 파산을 했는데 그 회사들 중 적어도 2개 업체는 베리치의 수중으로 떨어졌다는 거야.」

「그 정보가 흘러나온 곳은 어디야?」

「경찰 쪽이야. 요즘엔 서부 조직에서 동부 조직으로 전달되는 정보가 거의 없어. 다시 말해 서부 지역 조직에서는 그들끼리 똘 똘 뭉쳐 실속 있게 안살림을 한다는 이야기지.」

「그건 내가 수집한 정보와 일치하는군. 좋아, 알아보기로 하지.」

「뭘 말인가?」

「항만 보호 회사에 관련된 문제 말일세.」

「각별히 조심해야 할 걸. 베리치는 그 사업에 무척 신경을 쓰고 있다구.」

「그쯤은 나도 알아, 레오. 자넨 걱정이 너무 많은 게 탈이야. 자네 혹시 포르노 영화에 대해 아는 것이 있나?」

보란은 가벼운 말투로 얘기했다.

「별로 없어. 그런데 포르노 영화의 어떤 면을 말하고 있는건 가?」

터린은 웃음을 머금은 목소리로 물었다.

「어떤 면들이 있는데?」

「우선 배급과 상영에 관한 문제가 있지. 두 가지를 동시에 하고 있는 업자들도 더러 있다더군.」

「그럼 제작은 누가 하지?」

「누구나 다. 이미 합법화된 일인 걸? 자네도 만들어 보려구? 괜찮은 생각이야. 자네가 주연을 한다면 아주 재미있을거야.」

터린은 더 못 참겠다는 듯 음흉하게 낄낄거렸다.

「웃지 말게, 레오. 이건 어쩌면 소홀하게 넘길 일이 아닐지도 몰라. 포르노 영화를 제작하는 사람들 중에 내게 소개할 만한 친구 없을까? 샌프란시스코에 살고 있다면 더 좋고.」

보란은 심각하게 말했다.

「당장 떠오르는 사람은 없군. 하지만 알아보면 나오겠지. 물론 시간이 좀 걸릴 거야.」

「난 기다릴 수가 없어.」

「그건 자네 사정이니 할 수 없지. 특별히 더 알고 싶은 게 있나?」

터린이 말했다.

「중공에 관한 얘기라면 듣고 싶네.」

「쯧쯧! 중공과 관련된 말들이 계속 떠돌고는 있지만 워낙 터무니없는 소리들이란 말야. 내가 확신하지 않는 말은 자네에게 할 필요도 없겠지?」

「그럼 미스터 킹에 대해서는 어떤가?」

보란의 목소리가 조금 굳어졌다.

「미스터 킹이 어쨌는데?」

「그 자는 누구야?」

「나도 궁금한 일이야. 연방 수사국에서 그의 정체를 밝히려고 안달을 하고 있지만 아직도 오리무중인 걸? 연방 수사국 얘기가 나왔으니 말인데 그들은 자네 때문에 단단히 화가 나 있어. 특히 아이티에서 있었던 일 때문에 고위층에서는 연일 머리를 맞대고 자네를 잡을 궁리를 하고 있다는 소문이야.」

터린이 조심스럽게 물었다.

「나 때문에 그들의 입장이 곤란하게 되었다면 미안한 일이군.」

보란은 무뚝뚝하게 대꾸했다.

「고위층이 발칵 뒤집혀진 것도 무리는 아니야. 아이티는 OAS (美州機構)의 회원국이잖아? 게다가 FBI나 CIA가 자네의 뒤를 봐주고 있다는 소문까지 파다했으니.」

갑자기 보란이 웃음을 터뜨렸다. 레오 터린은 툴툴거리며 말을 이었다.

「자네에겐 우습게 들릴지 모르지만 그 소문이 진짜라고 믿는 사람들이 얼마나 많은지를 안다면 웃음이 나오지 않을 걸세. 그러니 연방 수사국에서는 그것이 당치도 않은 말이라는 걸 보여주기 위해서라도 자네를 잡아야겠다고 생각하게 될 수밖에.」

「알았네. 레오. 이제 실컷 웃었으니 그 얘긴 그만하자구. 어서 미스터 킹에 관해 말해봐.」

보란은 말머리를 돌렸다.

「허참! 모른다고 했잖아? 그의 정체를 알고 있는 사람은 손가락으로 꼽을 정도일 걸?」

「하지만 그의 이름이 나돌기 시작한 지는 꽤 오래 되었잖아?」

「그것도 전화를 도청하면서 얻어들은 것일 뿐이라구. 일반적인 설은 그가 서부 지역의 폭력 조직을 다스리는 거물일 거라는 얘기지. 하지만 아직까지 그는 베일 속에 가려진 인물이야.」

「그리고?」

「그는 마피아도 아니라는군. 그 이상 가는 놈이라는 말이 있어. 내가 들은 바로는 데마르코도 그의 조종에 놀아나는 꼭두각시에 불과하다는 거야.」

터린은 잠깐 말문을 닫고 있었다. 보란도 침묵을 지킨 채 생각에 잠겼다. 주방 쪽에서 물끓는 소리가 들려 왔다.

「고맙네, 레오.」

보란이 먼저 입을 열었다.

「새삼스럽게 왜 이러나? 또 다른 사람에 대해선 알고 싶은 게 없나?」

「음…… 있긴 있는데…….」

보란은 갑자기 매우 조심스러운 목소리로 말했다.

「왜 그러나? 어디 아픈가?」

「그런 게 아니야. 그들은 잘 있는지 모르겠군.」

보란은 가슴 밑바닥을 스쳐 지나가는 아픔을 느꼈다. 그는 지금 자신에게 단 하나 남은 혈육인 동시에 가장 큰 약점이기도 한 남동생 조니와 조니의 애인인 캐롤의 안부를 묻고 있었다.

「잘 있어. 자네에 관한 기사는 빠짐없이 스크랩한다네. 그리고 자네 걱정을 많이 해. 때가 되면 자네와 힘을 합해 전투를 벌이겠다는 생각을 하고 있어. 물론 그때까지 자네가 살아 남아야만 가능한 얘기겠지.」

레오 터린은 가라앉은 목소리로 대답했다.

「그때까진 살지 않을 작정이네. 그들까지 피비린내 나는 싸움에 휘말리게 할 생각은 없어. 그래, 그들이 있는 곳은 안전하겠지?」

보란은 감정을 조금도 드러내지 않고 냉랭하게 말했다.

「물론이야. 자네를 만나게 해달라고 조르고 있지만…….」

「그럴 땐 내가 죽어 버렸다고 말해 주게. 여러 가지로 고맙네, 레오.」

「또 연락할 수 있겠지?」

「그러길 바라나?」

「물론이네, 중사.」

보란은 전화기를 내려놓고 착잡한 심정으로 담배에 불을 붙였다.

그는 계속 시끄럽게 삐그덕대는 카우치에서 일어나 주방으로 갔다.

버너 위에서는 커피가 소리를 내며 끓고 있었다.

그러나 메리 칭의 모습은 어디에도 보이지 않았다.

# 6
## 미녀의 행방

메리 칭은 연기처럼 사라져 버렸다. 만일 커피가 끓고 있지만 않았더라면 보란 자신도 그녀가 조금 전까지 그 방에 있었다는 사실을 의심했으리라.

그녀가 보란의 적일 가능성은 충분히 있었지만 말없이 사라졌다는 그 한 가지 이유만으로 단정을 내릴 순 없었다.

메리 칭이 어디로 갔건 그것은 그녀의 마음에 달린 일이었다. 그녀는 보란에게 특별히 빚진 것이 없었다. 그 점은 보란도 마찬가지였다.

그러나 마음속으로 차오르는 불안감은 보란도 어찌할 수 없었다. 어쩌면 그 귀여운 미녀는 보란이 샌프란시스코에서 부딪쳐야 할 적들 중에 가장 위험한 존재일지도 몰랐다.

보란은 현관 빗장이 열려 있는 것을 보며 그녀가 자신의 적이기 때문에 말없이 사라졌는지, 아니면 부담을 덜어 준다는 의미로 종적을 감추었는지, 두 가지 가능성을 놓고 잠깐 생각에 잠겼다.

어찌됐든 그녀는 스스로 그곳에서 나가 버렸다. 그렇다면 보란은 더 이상 러션힐의 아파트에 머물러 있어야 할 이유가 없었다.

갑자기 보란은 그곳이 휴식처가 아니라 죽음으로 이어지는 통로 같다는 생각이 들었다.

순간 보란은 그 자리에 두 발을 딛고 서 있을 수조차 없는 극심한 피로를 느꼈다. 그것은 비단 육체적인 피로 때문만은 아니었다. 지금의 보란으로서는 정신적인 긴장이 육체의 피로를 훨씬 능가하고 있었다.

보란은 누군가와 교대 근무를 할 수 있다면 얼마나 좋을까 하고 생각했다.

자신과 꼭같은 마음과 능력을 가진 사람이 곁에 있다면 그에게 모든 것을 넘겨 주고 한순간이라도 긴장을 풀어 버린 상태로 쉬고 싶었다. 그러나 동시에 그런 일이 불가능하다는 것을 누구보다도 잘 알고 있었기 때문에 보란은 쓰디쓰게 입맛을 다셨다.

지금 샌프란시스코엔 보란을 잡기 위해 혈안이 된 사내들이 득실거리고 있었다. 그렇지만 보란에겐 동지는 고사하고 숨어 있을 장소마저 마땅치 않았다. 보란은 최대의 방어책은 최상의 공격이라는 말을 되새기며 자신은 전투를 할 수밖에 없는 운명임을 새삼 절감했다.

하지만 아무리 수많은 전투를 치러온 보란이라 할지라도 전장(戰場)의 처참함과 속이 메슥거리는 피비린내는 질색이었다. 게다가 전투와는 전혀 관계 없는 사람들이 전투 현장에 뛰어들 때

는 그 사람들의 목숨까지 보호해야 하기 때문에 더욱 벅찬 전투
가 되곤 했다.

　보란은 살아 남기 위해 자신을 제외한 모든 사람들에게 의심
의 눈길을 보내야 한다는 것에도 염증이 났다. 끊임없이 의심하
고 긴장하며 지낸다는 것이 얼마나 피곤한 일인가는 겪어 보지
않은 사람으로서는 도저히 이해할 수 없으리라!

　아름다운 샌프란시스코도 맥 보란에겐 하나의 정글에 불과했
다. 정글에서는 어느 곳을 막론하고 똑같은 생존 원칙이 적용된
다.

　당하기 전에 먼저 적을 해치울 것——그것이 생존할 수 있는
최선의 길이었다.

　보란은 명치 끝에 전해지는 통증을 느꼈다. 다음 순간 그는 그
통증이 의미하는 바를 깨달을 수 있었다. 지금 그가 맛보고 있는
느낌은 이전에도 수없이 경험했던 것이었다.

　그것은 전투를 계속함으로써 생존이 가능한 맥 보란의 본능이
울린 경종이었다. 자신의 정글 속에 쳐들어온 거대한 짐승을 맞
아 싸울 때면 보란의 방어 메커니즘은 신속히 작동하기 시작하
여 위험에 빠지기 한순간 전에 언제나 그것에서 끌어내 주곤 했
다.

　보란이 살아 있는 한 그의 본능은 위험에의 경종을 울리는 일
을 그치지 않을 것이다.

　그러나 그것은 공포나 비겁함 따위와는 전혀 관계 없는 것이
었다. 오히려 자신이 하지 않으면 안 되는 일에 대한 무의식적인
통찰력이라고 하는 것이 더 어울렸다.

　아직 보란의 적들은 그에게 패배의 쓴잔을 안겨 주지 못한 채

였다. 뿐만 아니라 법을 집행하는 사람들까지도 보란을 굴복시키지 못했다. 상황이 그러한데 보란 스스로가 패배를 인정할 필요는 없었다.

보란은 마음을 다잡았다. 아무도 그를 도와줄 사람은 없었다. 그가 맞서고 있는 적들은 숫적으로 본다면 단연 유리한 고지를 점령하고 있었다. 하지만 전투에서 승리의 향방은 아무도 점칠 수 없는 것, 끝까지 싸워볼 일이었다.

보란은 아파트를 나오자 그곳에서 한 블록 정도 떨어진 임대 주차장으로 갔다.

그는 움직이는 병기 창고와도 같은 푸른색 포드 이코노라인으로 다가가 운전석에 올랐다.

그는 무기를 다루는 데도 뛰어난 능력을 갖고 있는 병사였다. 기존의 무기를 다루는 것은 물론이고 전투의 양상이 변함에 따라 용도에 맞추어 개조해서 사용하기도 했다. 그리고 그는 갖고 있는 무기들을 최대한으로 이용하여 그것들이 본래부터 발휘할 수 있는 화력 이상의 효과도 낼 줄 알았다.

맥 보란 중사는 한 사람으로 된 군대라 불리기에 조금도 손색이 없었다. 그는 전략 전술가, 정보 수집가, 수색 정찰대, 기갑 부대, 의료반, 전투원의 역할을 동시에 소화해낼 수 있었다.

보란은 이제 그 모든 능력을 다 발휘하여 또 한 번의 전투를 벌여야 할 때가 되었다고 판단했다.

샌프란시스코에 온 이후로 보란은 열심히 정찰 활동을 했었다. 저녁 무렵에서부터 밤까지는 차이나 가든을 감시했었고 낮 동안에는 쌍안경을 목에 걸고 아파트 옥상으로 올라가 러션힐 꼭대기에 우뚝 솟은 데마르코의 저택을 살폈다.

그 아파트의 옥상은 데마르코의 저택을 살피는 데 더할 나위 없이 좋은 장소였다. 보란은 그 삼층짜리 선물의 문과 창문들을 하나도 빠짐없이 조사했다. 그렇게 세밀하게 건물을 살펴보는 동안 내부 구조도 자연스럽게 보란의 머릿속에 떠올랐다.

그는 또 사람들이 출입하는 시간과 경비원들의 배치 상황 및 경비 정도를 샅샅이 체크했다.

게다가 로먼 데마르코가 잠을 자는 방과 잠자리에 드는 시간, 식사하는 곳, 즐겨 먹는 음식까지도 알아냈다.

보란은 지난 사흘 동안 감시해온 데마르코의 저택을 공격할 작정이었다. 그러나 그곳을 완전히 박살낼 생각은 없었다. 그가 공격을 하려는 이유는 데마르코가 요새와 다름없다고 생각하는 그 알량한 아성을 쑥대밭으로 만들어 보란에게는 허물어뜨리지 못할 장애물이란 존재하지 않는다는 사실을 실감나게 가르쳐 주기 위해서였다.

오늘의 공격을 위하여 보란은 그의 전진 기지도 약간 손을 봐 뒀었다. 그는 샌프란시스코에 도착하자마자 포드의 차체 양옆에 〈베이 배달 회사〉라고 큼지막하게 써넣고 그럴 듯한 마크도 그려 놓았다.

그리고 그는 지난 사흘 동안 하루에 두 번씩 정기적으로 데마르코의 저택 주위를 돌아다님으로써 그들에게 〈베이 배달 회사〉라는 인식을 강하게 심어 놓았다.

키가 후리후리한 그 포드의 운전사는 소포를 배달하기 위해 데마르코의 저택으로 간 적도 있었다. 그러나 그는 소포를 전달하지 못한 채 되돌아서야 했다. 그도 그럴 것이 데마르코의 저택에는 소포의 수취인인 라만차라는 사람이 살고 있지 않았기 때문이었다.

아무튼 데마르코의 저택을 지키는 경비원들에게 〈베이 배달 회사〉의 포드 왜건은 낯설지 않은 것이 되었다. 잠시 후면 데마르코 저택의 경비원들은 그 배달원의 정체를 확실히 알게 될 것이다. 그들이 그것을 원하든 원하지 않든 보란이 그것까지 신경 쓸 필요는 없었다.

보란은 검은색 전투복 위에 작업복을 겹쳐 입은 다음 나일론 재킷을 걸쳤다. 그런 다음 백 미러를 보며 조심스럽게 가짜 콧수염을 달았다.

관찰력이 예리한 사람일지라도 관찰 대상이 변장을 한다면 알아보지 못하는 수가 많다. 왜냐하면 사람이란 편견에 사로잡히기 쉬운 동물이기 때문이다. 마피아들도 보란에 관한 편견에 얽매인 나머지 정작 중요한 것은 보지 못하는 수가 많았다.

보란이 몸에 꼭 달라붙는 검은색 전투복 차림으로 나타난다면 누구든지 그를 알아보리라. 그러나 얼굴과 옷차림에 조금만 변화를 주면 대개의 경우 무관심하게 지나쳐 버렸다.

보란은 위장(僞裝)의 명수였다. 그는 월남전에서 위장술의 덕을 톡톡히 보았었다. 그때부터 연구와 개선을 거듭하여 미국 내에서의 전투에 활용해 왔다. 전투가 거듭될수록 그의 변장술은 더욱 세련되어 갔다.

전투를 함에 있어 보란은 무기 선택에 신중을 기하는 편이었다. 그가 즐겨 사용하는 것은 물론 9구경짜리 베레타였다. 그러나 지금 그가 하려는 공격은 베레타만으로는 치러내기 힘이 들었다. 다시 말해 좀더 강력한, 그러나 거추장스럽지 않은 화기가 필요했다.

보란은 44구경 자동 소총을 쓰기로 작정했다. 그것은 총신이 짧은 것들 중에서는 성능이 매우 우수하다고 인정받고 있는 것이었다.

무게는 3파운드 반이었고 길이는 11인치 반인 그 쇳덩어리는 숙달된 사람이 아니곤 다루기 벅찬 물건이었다. 원래 그 자동 소총은 사냥을 위해 만들어졌는데 큰 짐승들을 잡을 때 주로 사용하는 라이플과 위력이 거의 맞먹었다.

44구경 자동 소총을 25야드 밖에서 쏘았을 때 목표물에 뚫리는 구멍의 지름은 1인치였다. 그렇기 때문에 100야드 밖에 있는 사람도 능히 해치울 수 있었다.

보란이 그 자동 소총을 택하게 된 또 한 가지 이유는 보기만 해도 소름이 끼치는 음흉한 모습 때문이었다. 인간이란 동물은 심리적인 움직임에 많은 영향을 받는다. 특히 전투를 함에 있어서는 더욱 그러했다. 심리적으로 적을 압도한다면 승리할 수 있는 확률은 엄청나게 커지는 것이다.

보란은 자동 소총을 작업복 벨트에 끼워 넣고 재킷으로 그 위를 가렸다. 이로써 공격 준비는 모두 끝난 셈이었다.

보란은 차에 시동을 걸면서 울적한 생각이 들었다. 이제부터 공격하려는 악의 소굴에 말없이 아파트를 빠져 나간 중국 여자가 없어야 할 텐데……

# 7
## 러션힐의 호랑이

토니 리볼리 2세는 문자 그대로 데마르코 가문의 사람이었다.

토니 리볼리 1세는 서부 개척 시대에 데마르코와 함께 서부로 이주해서 음모와 싸움이 그치지 않았던 그 시절부터 로먼 데마르코의 경호원 노릇을 했다.

그는 데마르코의 질녀인 안나와 결혼을 하여 아들을 낳았다. 그렇기 때문에 데마르코 저택은 토니 리볼리 2세에게는 생가(生家)나 다름없었다.

리볼리 2세는 저택의 삼층에 있는 널따란 타원형 침실에서 한 생명으로서 첫호흡을 했었다. 그 뒤에 삼층 전체가 토니 리볼리 2세를 위한 공간으로 개조되었고, 토니 리볼리 1세 대신 저택의 경비대장을 맡아 보고 있는 지금까지 그는 그곳에서 살고 있었다.

토니 리볼리 2세의 어머니인 안나는 그가 열 살 되던 해에 세

상을 떠났다. 그녀가 젊은 나이에 죽은 이유에 대해 가문의 사람
들은 알코올 중독 때문이라고 수군거렸다. 그러나 그녀가 목숨
이 위험할 정도로 술을 마셔댄 까닭에 대해선 아무도 이렇다 할
결론을 내리지 못하고 있었다.

그리고 안나 리볼리가 세상을 떠난 지 불과 2년 뒤에 토니 리
볼리 1세도 비극적인 죽음을 당하고 말았다.

로먼 데마르코는 어린 토니의 후견인이 되기 위한 형식적인
절차를 밟았다. 그리고 리볼리 2세가 먹고 자고 공부하는 데 아
무런 불편함이 없도록 신경을 써주었다. 그가 어느 정도 나이가
든 후에는 조직 내에서의 지위도 주었다.

그러나 한 가지, 로먼 데마르코의 태도에 이상한 점이 있었다.
그는 토니 리볼리 2세를 그의 혈연의 한 사람으로 생각지 않는
것 같았다. 그는 공개석상에서 한 번도 같은 핏줄로서의 애정을
표한 적이 없었다. 다만 〈내 친구 토리 리볼리의 아들, 꼬마 토
리야〉라고 부를 뿐이었다.

데마르코 저택은 매우 조용한 곳이었다. 그러나 영감님이 잠
자리에 들고 난 뒤엔 가끔씩 저택을 감싸고 있던 정적이 깨뜨려
지기도 했다. 왜냐하면 토니 리볼리 2세가 집안으로 끌어들인
샌프란시스코의 미녀들이 고통에 찬 비명을 내지르곤 했기 때문
이었다.

영감님은 리볼리 2세를 불러 놓고 리볼리의 행복은 자신의 건
강에 달려 있다는 얘기를 자주 했다.

어떨 땐 거실 벽에 걸린 리볼리 1세의 총을 가리키며 이렇게
말했다.

「저기 있는 저 총은 네 아버지의 가장 절친한 친구였어. 이제

부턴 너의 으뜸가는 친구가 되어야 한다. 저 총은 단순한 쇳덩이가 아니야. 저건 너와 나를 이어 주는 핏줄 같은 거란다. 네가 가진 총이 내게 아무 쓸모없는 것이 된다면 그땐 우리 두 사람의 유대 관계는 사라지고 말아. 내 말 명심해야 해. 넌 내가 오래 살수 있도록 온갖 노력을 기울여야 할 거야. 왜냐하면 내가 없이는 너 역시 세상에 남아 있을 수 없기 때문이야.」

그때마다 토니 리볼리 2세는 말없이 고개만 끄덕였다.

토니 리볼리 1세가 이해하기 힘든 상황에서 목숨을 잃었다는 애기를 처음으로 들은 것은 리볼리 2세가 25세 되던 해였다.

리볼리 1세는 로먼 데마르코 조직내에서의 암투가 극에 달했던 1950년대 초반에 죽음을 당했다. 그때 리볼리 1세는 데마르코의 경비대장이었고 러션힐의 저택을 지키는 호랑이였었다. 그러나 무슨 까닭에서인지 데마르코의 마음속에는 리볼리 1세에 대한 불신이 싹트기 시작했고 그의 충성심을 시험해 보기 위해 위험 부담이 엄청나게 큰 일을 떠맡겼었다. 리볼리 1세가 받은 명령은 도저히 살아 돌아올 수 없는 종류의 것이었다.

리볼리 1세는 결국 데마르코의 명령을 따르다가 목숨을 잃고말았다.

그러나 리볼리 2세가 그런 사실을 전해 들었을 때 맛본 감정은 데마르코에 대한 원망이 아니었다. 그의 마음속에는 데마르코에 대한 충성심이 더욱 세차게 끓어올랐다. 그는 자신의 충성을 통해 그의 아버지가 받은 부당한 불신을 씻어 보려는 듯 데마르코를 지성으로 떠받들었다.

결국 토니 리볼리 2세도 러션힐의 호랑이가 되어 저택 경비를 맡게 되었다. 그것은 리볼리 2세가 그 동안 기울인 충성과 정성의 당연한 결과라고 했지만 그 말에 공감하지 않는 사람들도 있었다.

그러나 이유야 어찌됐건 토니 리볼리 2세는 아버지에 대한 소문을 듣기 훨씬 이전에, 즉 그가 열세 살 되던 해에 폭력 사회의 의식——손가락에 스스로 상처를 내어 그 피를 서로 나누어 먹음으로써 같은 가문의 사람이 됨을 인정하는——을 거쳐 정식 경비원으로 임명되었다.

그 후 토니 리볼리 2세는 데마르코 조직의 강경한 정신적인 자세를 상징하는 인물로 부상했다. 카포인 로먼 데마르코를 제외한 어느 누구도 리볼리 2세를 〈꼬마 토니〉라고 부르지 못하게 되었다.

사실 그의 외면적인 모습만 보더라도 꼬마라는 호칭은 전혀 어울리지 않았다. 그는 6피트가 조금 넘는 키에 몸무게도 200파운드를 웃도는 거구였다. 그가 거느리고 있는 전투원들 중 우악스럽기로 소문이 난 녀석들도 그와 눈길이 마주치면 고양이 앞의 쥐 모양으로 꼼짝을 못했고 데마르코 저택을 방문하는 거물들도 정중한 태도로 그를 대했다.

리볼리 2세의 여자에 대한 탐닉은 경비원들 사이에서는 공공연한 비밀이었다. 그는 어떤 여자와도 한 번 이상은 어울리지 않았다. 그 여자들은 로먼 데마르코의 눈을 피해 한밤중에 끌려오다시피 그 저택으로 왔다. 그리고 광란의 하룻밤이 지나면 미녀들은 한결같이 피투성이가 된 채 날이 밝기 전에 저택 밖으로 쫓겨났다.

딱 한 번, 그것이 문제가 된 적이 있었다. 그러나 일이 시끄러워지기 전에 문제를 제기했던 여자는 두 번 다시 햇빛을 보지 못하게 되고 말았다.

맥 보란이 샌프란시스코에 나타났을 때 토니 리볼리는 서른 세 살이었다. 맥 보란과 그는 비슷한 점이 많았다.

나이와 키도 비슷했고 체중은 리볼리 쪽이 조금 더 무거웠다. 두 사람은 다 같이 자신이 믿고 있는 것에 대해 헌신적이었고 한 번 시작한 일은 끝장을 보고야 마는 성격이었다.

그러나 그런 것들은 겉으로 보이는 유사점에 불과했다. 그 두 사람 사이에는 근본적인 차이점이 있었던 것이다.

맥 보란은 정의를 짓밟는 범죄 조직에 대해서만 야수와도 같은 잔인함을 보이는 반면 토니 리볼리의 잔인성은 타고난 것이었다. 게다가 리볼리는 생존의 수단으로서 그 잔인함을 더욱 키워 나가고 있었다.

북쪽 해안의 차이나 가든이 맥 보란의 공격을 받았다는 소식이 전해지자마자 리볼리는 데마르코 저택의 전투원에게 비상 경계령을 내렸다. 그리고 러션힐의 호랑이는 눈을 번뜩이며 직접 조직의 방위 태세를 점검했다. 그러나 보란은 나타나지 않았다.

날이 밝자 리볼리는 아쉬운 한숨을 내쉬었다. 지금 그는 스릴 넘치는 게임을 하려다 판이 깨져 버린 듯한 기분이었다.

그는 이제라도 보란이 나타나 데마르코를 덮치기를 바라며 만일 놈이 나타나기만 한다면 신나게 두들겨 주리라 벼르고 또 별렀다. 그런 상상을 하는 것만으로도 그는 기분이 좋았다.

토니 리볼리는 자비심이라는 것을 모르는 사내였다. 그의 생각으로 자비심이란 강한 자에겐 어울리지 않는 것이었다. 그런 이유로 이제껏 그는 단 한 번도 자비를 베풀어본 적이 없었다. 그런 것을 생각조차 해보지 않은 리볼리에게는 자비와 동정은

약한 자의 넋두리에 불과했다.

지금 그가 가장 하고 싶은 일은 보란을 잡아 북사발로 만드는 것이었다. 그놈의 숨통을 바짝 죄어 비명도 지르지 못하게 만든다면 그것보다 더 좋은 스트레스 해소법은 없을 것 같았다. 그렇게 하기 위해서라면 물론 그놈을 사로잡아야 했다. 아니 무슨 일이 있더라도 놈을 산 채로 잡아들여야만 했다.

리볼리는 부하들에게 엄명을 내렸다. 러션힐의 호랑이의 명령을 받지 않고 놈을 죽이는 녀석은 양쪽 무릎에 뜨거운 총알이 박힐 각오를 해야 한다고.

리볼리는 보란이 숨을 헐떡이며 살려 달라고 애원하는 꼴을 보고 싶었다. 문득 그럴려면 데마르코 저택의 방위 체제를 바꾸어야 하지 않을까 하는 생각이 들었다. 그 저택이 허술한 곳으로 보이도록 꾸며 놈에게 차나 가든을 박살 냈던 그 방법이 러션힐의 저택에도 통할 것 같다는 환상을 심어줌으로써 겁없이 공격하도록 유도하면 어떨까.

그때 보란 생포를 최대의 목표로 삼은 토니 리볼리의 머릿속으로 재미있는 생각이 떠올랐다.

과연 보란은 데마르코 저택에 이 호랑이가 도사리고 있다는 사실을 알고 있을까?

리볼리의 짐작으로는 보란이 자신의 존재를 모를 것 같았다. 그는 조직 내에서도 숨겨진 인물이라 할 수 있었다. 그는 이제껏 유치장이나 정부의 범죄 조사 위원회 같은 곳에 불려가 본 적이 없었다. 신문의 어느 한 귀퉁이에 이름이 실린 일도 없었다. 데마르코 저택의 경비 책임자이긴 했지만 명령은 참모들을 통해 전달되었고 그가 직접 나서는 일은 결코 없었다.

틀림없이 보란이라는 놈은 이 호랑이의 존재를 알지 못하리라.

토니 리볼리는 재미있는 게임이 될 것 같다고 중얼거리며 혼자 킬킬거렸다.

보란은 러션힐의 저택을 다른 공격 목표와 다름없이 허점투성이라고 단정할 것이다. 팜 스프링스의 디조르쥬 영감처럼 총이라곤 사격장의 표적에 대고 쏘아본 적밖에 없는 노인네들만이 저택 안에 있을 것으로 생각하겠지. 그러나 보란, 이곳은 어림없다. 바로 러션힐의 호랑이가 버티고 계시단 말이야. 어서 오너라, 어서.

토니 리볼리는 부하들이 바짝 긴장하여 경계를 하고 있을 때 놈이 나타나 준다면 얼마나 좋을까 하고 생각했다. 사실 리볼리가 그렇게 목을 빼고 있지 않더라도 놈이 나타날 것은 분명했다. 왜냐하면 샌프란시스코에 사는 사람들이라면 러션힐에 우뚝 솟은 저택이 어떤 곳이며 누가 살고 있는지를 모를 리 없었기 때문이었다. 그러니 보란이 러션힐을 그냥 지나갈 리 만무했다.

리볼리는 보란이 어떤 식으로 쳐들어올 것인지 곰곰이 생각해 보았다. 잔뜩 기다리게 해놓고 불쑥 나타날까? 아니면, 러션힐의 방위 태세가 빈틈없을 것으로 판단하고 지레 겁을 먹고 있는 것일까?

하지만 놈은 겁이 없는 녀석으로 알려져 있지 않은가. 놈은 틀림없이 나타난다.

어쩌면 날이 완전히 밝은 후에 행동할는지도 모른다. 하지만 아무리 담이 큰 놈이기로 샌프란시스코에서 대낮에 일을 벌일 수야 없을 텐데…… 더군다나 지금은 경찰들까지 놈을 덮치려

하고 있지 않은가?

어느새 도시의 구석구석에는 아침 햇살이 퍼지고 있었다. 토니 리볼리는 시계를 들여다보았다. 8시가 조금 지난 시각이었다.

영감님은 아직도 잠자리에 들어 있었다. 이런 판국에 잠을 잘 수 있을 정도로 신경이 굵은 사람이 다 있었군, 하고 생각하며 리볼리는 고개를 설레설레 저었다.

리볼리는 미치광이 같은 맥 보란을 때려잡기 위해 부하들이 눈을 크게 뜨고 있는지 알아보려고 앞뜰로 나갔다.

안개는 거의 걷힌 상태였다. 그러나 대기는 습하고 냉랭했다. 그는 속으로 혀를 끌끌 차며 폐렴에 걸리기 꼭 알맞은 날씨에 설치고 다니는 보란에게 욕을 퍼부었다. 그리고 그놈을 잡기 위해 바짝 긴장해 있을 부하들도 몹시 짜증이 날 것이라고 생각했다. 그는 부하들에게 근무 교대 명령을 내려야겠다고 마음먹었다.

되도록 사람들의 눈에 띄지 않게 자동차 안에 잠복시켜 놓은 인원과 길 모퉁이에 배치해 놓은 전투원들은 서로 교대시켜도 전력상 아무 손실이 없었다. 하지만 저택 안의 대원들은 그의 작전에서 핵심되는 부분이었으므로 고정 배치해 두기로 했다.

그때 저택 앞길로 경찰차 한 대가 천천히 지나갔다.

러션힐의 호랑이는 잔뜩 얼굴을 찌푸렸다. 저런 바보 같은 경찰놈들! 저렇게 이 근방을 어슬렁거리면 보란놈이 도망쳐 버릴 거 아닌가! 잘나지도 않은 경찰 표지가 붙은 자동차를 몰고 나타나다니 미련하기가 곰 같은 녀석들이군.

토니 리볼리는 잔뜩 볼이 부어 입 속으로 욕지거리를 웅얼거리며 대문을 향해 걸음을 옮겼다.

대문 너머로, 길 옆에 서 있던 배달 회사의 자동차가 보였다. 자동차 문이 열리더니 한쪽 겨드랑이 밑에 서류철을 낀 사내가 내렸다. 사내는 저택 대문을 향해 느리게 길을 건너왔다.

토니 리볼리는 갑자기 초조한 생각이 들었다. 대문을 지키는 경비원들이 그 사내를 끌어다 몸수색을 하며 소란을 피우지 않을까 조바심이 났다. 경비원들은 십중 팔구 배달원에게 과민 반응을 보일 것 같았다.

만일 그런 일이 일어난다면 저택 주위를 맴돌고 있는 경찰들의 주의를 끌게 될 것이고, 그렇게 되면 경찰들은 설탕에 모여드는 개미 떼처럼 데마르코 저택으로 몰려들어 귀찮기 그지없는 질문들을 퍼부어댈 것임에 틀림없었다. 그런 소동이 일어난다면 보란을 산 채로 잡겠다는 그의 계획에 큰 차질이 생길 수밖에 없었다.

리볼리는 그런 일이 일어나기 전에 몸소 배달원을 맞아야겠다고 생각하며 걸음을 빨리했다.

그러나 리볼리의 생각은 지나친 억측임이 곧 밝혀졌다. 대문에서 주고받는 말소리가 들릴 정도까지 다가갔을 때 그는 자신이 과민한 반응을 보였음을 확인할 수 있었다.

경비원들과 배달원은 서로 아는 사이인 것 같았다. 가만히 생각해 보니 리볼리 자신도 〈베이 배달 회사〉의 자동차를 몇 번인가 본 적이 있었다.

배달원은 작업복 위에 흰 나일론 재킷을 걸치고 있었다. 사내는 모자챙을 뒤로 젖히더니 연필 뒤끝으로 콧잔등을 긁적이며 능글맞은 웃음을 지어 보였다.

리볼리에게 뒤통수를 보인 채 배달원과 시시덕거리고 있는 녀석은 제리 어스프로몬테였다. 제리는 대문에 바짝 붙어 서서 밖에 서 있는 사내와 얘기를 수고받고 있었다.

「지난번에도 얘기했었잖아? 이곳엔 라만차라는 얼간이가 없단 말이야.」

천천히 대문으로 다가가는 리볼리의 귓속으로 제리의 걸걸한 음성이 날아들었다.

「빌어먹을! 그럼 난 매번 헛물만 켜고 다닌 게 되잖소.」

배달원은 곤란한 표정으로 불평을 터뜨렸다.

「주소를 잘못 찾아와서 나한테 불평을 하면 어떻게 해?」

제리는 놀리는 듯한 목소리로 대꾸했다. 리볼리는 대문에 거의 다가가 있었다.

배달원은 제리 뒤에 서 있는 덩치 큰 사내보고 들으라는 듯 목소리를 높였다.

「그러나 이번엔 주소를 제대로 찾아왔단 말이오. 자, 보시오. 이래도 이 소포를 받지 않겠다는 거요?」

토니 리볼리로서는 배달원에게 신경을 쓰고 있을 수가 없었다. 저택 주위를 돌아다니던 순찰차가 대문 앞에 멈춰 섰기 때문이었다.

경찰들은 차 속에 앉은 채 대문 앞에서 벌어지고 있는 일을 내다보고 있었다.

그 모습을 보자 리볼리는 울화가 치밀었다. 그는 대문을 거칠게 열어젖히고 밖으로 나섰다. 배달원은 한옆으로 비켜 서며 길을 내주었다.

리볼리는 얼굴을 잔뜩 찌푸리고 경찰차로 성큼성큼 다가가 허리를 굽히고 차 안을 들여다보았다.

「당신들, 이곳에 무슨 특별한 볼일이라도 있소?」

리볼리는 울화를 간신히 누르며 나지막한 소리로 물었다.

차 안에는 두 사내가 타고 있었는데 한 명은 정복 차림이었고 다른 한 명은 사복을 하고 있었다. 사복 경찰은 흑인이었다. 그 흑인 녀석은 이빨을 드러내며 히죽거렸다.

「아무 일도. 우린 통상적인 순찰을 하고 있는 중이오, 미스터 리볼리. 염려할 것 없소. 이 일대는 우리가 철저하게 경비하고 있으니까.」

그 말을 듣자 러션힐의 호랑이는 더욱 화가 치밀었다.

빌어먹을 깜둥이 같으니라고! 내 이름은 어떻게 알아내 입에 담는 걸까?

리볼리는 얼굴을 더욱 험하게 일그러뜨리고 무뚝뚝하게 대꾸했다.

「난 아무 것도 염려하지 않소.」

그는 홱 돌아서서 대문 쪽으로 걸어갔다. 배달원은 여전히 대문 앞에 선 채 벌쭉벌쭉 웃고 있었다. 탐스러운 사내의 콧수염이 웃입술을 살짝 가리고 있었는데, 그 모습이 보기 좋다는 것에 리볼리는 또다시 화가 났다.

「이봐, 뭐가 좋아 웃고 있나?」

경비대장이 사내를 쏘아보았다.

「아, 뭐…… 나도 임무를 수행하고 있을 뿐이오.」

콧수염의 사내는 금방 굳은 얼굴이 되어 입 속으로 웅얼거렸다. 사내는 제리를 쳐다보며 소포를 받으라고 졸랐다.

「무슨 물건인데 그 야단법석이야?」

리볼리는 제리에게 물었다.

「무슨 물건인지는 모르겠습니다. 이 친군 며칠 전에도 수취인이 없는 소포를 가져와선 받으라고 떼를 쓰더군요.」

제리가 조심스럽게 대답했다.

「그땐 그때고 지금은 이설 꼭 받아야 하오. 주소가 틀림없단 말이오. 그리고 이번엔 라만차가 아니라 토니 리볼리라는 사람 앞으로 보내진 거란 말이오. 이런 사람이 여기 살지 않는다는 얘기요? 왜 이걸 받지 않으려 하는 거요? 도대체 그 이유가 뭐요?」

배달원은 흥분한 듯 막 떠들었다.

「알았어. 이제 그만해. 물건을 좀 보자구.」

러션힐의 호랑이는 점점 더 기분이 나빠졌다.

배달원은 자주색 포장지로 싼 조그만 꾸러미를 앞으로 내밀었다. 그것은 보석 반지 따위를 넣을 때 사용하는 상자처럼 보였다.

「누가 보낸 거지?」

리볼리는 상자에서 눈을 떼고 신경을 거슬리게 하는 경찰차가 천천히 사라져 가는 걸 지켜보며 배달원에게 물었다.

「받아 보면 알 것 아니오? 내겐 그런 것까지 알려 줘야 할 의무는 없소.」

배달원은 무뚝뚝하게 내뱉었다. 사내의 회색 눈동자를 흘끗 쳐다보는 리볼리의 마음속으로 알지 못할 불안감이 스치고 지나갔다. 그는 상자를 빼앗듯 낚아채고는 집 안쪽으로 걸음을 옮겼다.

「서명도 해주지 않고 그냥 가면 난 어떡하오? 회사에선 내가 떼어먹은 줄 알 거 아니오.」

콧수염의 사내는 질그릇 깨지는 소리로 투덜거렸다.

「제리, 대신 서명해 줘. 그리고 한푼 집어 주라구. 시끄러운 건 딱 질색이야.」

리볼리는 귀찮다는 말투였다.

그는 자신의 이름을 더러운 입에 올린 흑인 형사에 대해 생각할수록 화가 치밀어 올랐다. 감히 자신의 이름을 그렇게 쉽게 부르다니!

리볼리는 한참을 씩씩거리다가 갑자기 생각난 듯 소포를 눈앞에 들어올려 이리저리 살펴보았다.

「도대체 누가 이런 걸 보냈지?」

토니 리볼리는 세상에 태어난 후 아직 한 번도 소포를 받아본 적이 없었다. 그런 것을 보낼 만한 사람도 없었을 뿐아니라 그런 아기자기한 정이란 건 러션힐의 호랑이에겐 전혀 어울리지 않았다.

「이게 뭘까?」

리볼리는 상자를 귀에 대고 흔들어 보았다. 조그맣게 달각거리는 소리가 들렸다. 크기로 보아 폭발물 같지는 않았다.

조그만 물건이라⋯⋯?

순간 섬광처럼 리볼리의 머릿속을 스쳐 가는 생각이 있었다. 그는 급히 포장지를 뜯기 시작했다. 상자의 뚜껑을 열었을 때 그는 헉 하고 숨을 들이마셨다.

얼른 그 배달원을 붙잡으라고 제리에게 소리쳐야겠다는 생각에 대문 쪽으로 고개를 돌려 보니 배달 회사의 차는 이미 길모퉁이를 돌아가고 있었다.

「한발 늦었군!」

리볼리는 다시 상자 안을 들여다보았다. 그 속에는 저격수 메달이 햇빛을 받아 눈부시게 반짝거리고 있었다.

놈의 담력은 정말 놀라운 것이었다. 감히 러션힐의 저택까지 찾아들어 불쑥 저격수 메달을 내밀고 유유히 사라지는 보란에 대해서는 리볼리조차도 간담이 서늘해질 지경이었다.

더군다나 그 물건은 로먼 데마르코 앞으로 온 것이 아니라 바로 토니 리볼리를 수취인으로 하고 있지 않은가. 그것이 무엇을 의미하는지는 너무도 분명했다.

「망할 놈의 자식! 도대체 내 이름을 어떻게 알았을까? 갑자기 내 이름이 온갖 사람의 입에 오르게 된 까닭이 뭐야? 내 이름은 이제껏 비밀에 붙여졌는데 도대체 어떻게 돌아가고 있는 거야?」

리볼리는 돌아서서 현관 쪽으로 걸어가며 투덜거렸다.

그는 문득 대문을 지키고 있는 두 경비원들에게 새로운 지시를 내려야겠다고 생각하고 다시 몸을 돌렸다. 순간 그는 입을 딱 벌린 채 그 자리에 얼어붙고 말았다.

대문 쪽에서는 시커먼 연기가 하늘 높이 솟아오르고 있었다. 대문이고 경비 초소고 전투원이고 간에 전부 연기에 휩싸여 아무 것도 보이는 것이 없었다. 그의 시야를 가득 채우는 것은 뭉클거리는 연기뿐이었다. 러션힐의 호랑이는 가슴이 철렁 내려앉는 것을 느꼈다.

「이런 빌어먹을! 정신을 차릴 수가 없군. 이건 틀림없이 보란의 짓이야! 도대체 어디서 공격을 한 거야? 정말 겁도 없는 녀석이군. 경찰이 사방에 깔려 있는 벌건 대낮에 감히 이런 짓거리를 벌이다니!」

리볼리는 눈을 휘둥그레 뜨고 있다가 빨리 저택 안에 있는 전투원들에게 연락을 하기 위해 돌이 깔린 정원을 달려가기 시작했다.

그러나 그는 곧 되돌아서서 시커먼 연기가 자욱한 대문 쪽으로 내달았다. 저택 안에 있는 대원들을 모두 불러내 물샐틈없는 포위망을 만드는 것도 중요했지만 우선 대문 쪽을 지키던 경비원들의 생사 여부가 더 궁금했기 때문이었다.

리볼리는 경비 초소 앞에서 시커먼 연기를 계속 뿜어 내고 있는 연막탄이 눈에 띄자 그것을 집어들어 길 건너편으로 힘껏 내던졌다. 연기가 눈 속으로 기어들어 눈이 따끔거리고 눈물이 쏟아졌다.

대문의 경비를 맡고 있던 두 경비원은 이마에 총알을 한 방씩 얻어맞은 채 널브러져 있었다. 피로 붉게 물든 그들의 얼굴에는 아직도 따스한 체온이 남아 있었다.

토니 리볼리는 콜록거리며 연막을 헤치고 나와 다시 현관 쪽으로 달려갔다.

그러나 연막탄은 대문 쪽에만 던져진 것이 아니었던 모양이었다. 담을 따라 여기저기서 시커먼 연기가 뭉게뭉게 솟아올랐다. 때마침 불어오는 바람을 타고 연기는 기세 좋게 건물 쪽으로 몰려가고 있었다. 데마르코 저택은 삽시간에 매캐한 연기에 휩싸여 버렸다.

토니 리볼리는 맥 보란의 위력을 비로소 절실하게 알 수 있었다. 그리고 그 겁없는 놈이 보낸 저격수 메달이 카포인 데마르코를 향해서가 아니고 자신에게로 전달되었다는 데 대해 새삼 전신을 훑어 내리는 공포를 느꼈다.

그는 내키지 않았지만 이제껏 자신이 갖고 있던 맥 보란에 대한 편견을 버리지 않을 수 없었다. 러션힐의 호랑이는 능글맞은 웃음을 흘리던 콧수염의 사내가 바로 맥 보란이었다는 사실을 그제서야 깨달았다. 동시에 그는 또 한 번 등골이 서늘해지는 것을 느꼈다.

리볼리는 자신도 보란의 공격 목표가 될 수 있다는 생각을 한 번도 해본 적이 없었다. 지금 그가 펼쳐 놓은 경계 태세는 그런 경우를 전혀 고려하지 않은 상태에서 이루어진 것이었다. 그러나 이제 상황은 180도로 바뀌어 버렸다. 그는 언뜻 스쳐 가는 죽음의 그림자를 본 것이었다.

리볼리는 자신도 모르게 목이 터져라 외쳐 대고 있었다.

「놈을 쏴! 당장 죽여 버리란 말야! 사로잡을 생각은 하지 말아! 눈에 보이는 즉시 사살해 버려!」

# 8
## 공 격

　보란은 데마르코 저택을 끼고 남쪽으로 뻗어 나간 도로의 커브길에 차를 세운 후 재킷과 작업복을 벗어 던졌다. 그리곤 가스마스크를 뒤집어쓰고 재빨리 담으로 다가가 연막탄을 터뜨려 놓았다. 시커먼 연기가 저택을 뒤덮을 무렵 보란은 담을 타넘어 안으로 들어갔다.

　이번 작전도 다른 경우와 마찬가지로 매우 위험스런 것이었다. 그렇기 때문에 빠른 시간 내에 공격을 끝내고 현장을 빠져나가야만 했다. 쓸데없이 우물거리다간 경찰들의 밥이 되기 꼭 알맞았다.

　보란은 잘 손질된 관목들이 이마를 맞대고 있는 정원을 지나서서히 건물로 접근해 갔다. 짙은 연기로 가리워진 건물의 한쪽 모퉁이에서 사람들이 콜록이는 소리가 들리자 보란은 그쪽으로 수류탄을 던졌다. 수류탄의 폭발음과 동시에 보란은 현관문을 발로 차서 열었다.

보란은 허리춤에서 자동 소총을 뽑아 들고 안으로 들어갔다. 활짝 열어 놓은 현관문으로 시커먼 연기가 뭉실뭉실 밀려들었다. 검은색 전투복을 입은 사내의 모습은 곧 연기에 휩싸여 보이지 않게 되었다.

보란의 앞쪽에서 세 명쯤 될 듯한 사내들의 어지러운 발소리와 거친 숨소리가 들려 왔다.

「앞이 조금도 안 보여. 온통 연기뿐이야!」

한 사내가 헐떡이며 말했다.

「그런데 방금 그 소린 뭐지? 뭔가 터지는 것 같았는데, 무턱대고 밖으로 나갈 순…….」

다른 사내가 말을 미처 끝내지 못하고 심하게 기침을 해댔다.

보란은 불쑥 사내들 앞으로 나서며 사정없이 자동 소총을 갈겨 댔다. 사내들은 비명도 지르지 못한 채 썩은 나무토막처럼 나동그라졌다.

보란은 시체를 훌쩍 뛰어넘어 시커먼 연기 사이로 희미하게 보이는 계단을 향해 잽싸게 다가갔다. 마호가니와 대리석으로 사치스럽게 만들어진 계단에 한 발을 디뎠을 때 위쪽에서 총소리가 들려 왔다. 보란은 자동 소총을 위로 치켜 올린 채 방아쇠를 힘껏 잡아당겼다. 총구에서 쏟아지는 시퍼런 불꽃이 연기와 어우러졌다. 사내들의 비명과 허둥대는 발자국 소리가 총성의 여운에 섞여 들었다.

보란은 계단을 몇 개 올라간 후 마호가니 난간에 기대서서 탄창을 갈아 끼웠다. 그때 계단 꼭대기에서 한 사내가 나타나 보란에게 말을 걸었다.

「이봐, 이게…….」

그러나 다음 순간 사내는 검은 옷을 입은 사내의 정체를 알아낸 듯했다. 사내는 기특하게도 재킷 속에서 권총을 꺼내 들었다.

보란과 정면으로 마주친 마피아의 전투원들 중 지금의 사내와 같은 대담한 행동을 취한 녀석은 아무도 없었다. 거의 그 자리에서 굳어 버리거나 아니면 무릎을 꿇고 살려 달라고 애원하는 게 보통이었다.

사내는 눈물이 줄줄 흐르는 눈으로 보란을 노려보며 38구경 리볼버를 마구 쏘아 댔다. 그러나 사내가 열심히 박살을 내고 있는 것은 보란이 아니라 정교하게 조각된 마호가니 난간이었다.

적어도 총을 지니고 있는 사람이라면 그렇게 가까운 거리에서 목표물을 명중시키지 못할 리가 없었다. 그러나 지금의 상황은 몹시 다급했고 마음만 너무 앞선 사내는 공격다운 공격을 할 수 없었다.

보란은 더 이상 형편없는 사격술을 구경하고 싶지 않았다. 그는 자동 소총을 움켜쥐고 사내에게 총구를 들이대는 것과 동시에 방아쇠에 건 손가락에 힘을 주었다. 사내는 순식간에 상반신이 피범벅이 된 채 계단 밑으로 굴러 떨어졌다.

보란은 계속 계단을 올라갔다. 보란이 계단이 끝나는 곳에 이른 순간 날카로운 리볼버의 사격음이 들려 왔다. 보란은 반사적으로 납작하게 엎드렸다. 그러나 그 순간 보란은 복도 끝에 있는 방문이 급히 닫히는 걸 놓치지 않고 보았다.

그 문 옆에는 정원을 내다볼 수 있는 커다란 유리창이 있었다. 보란은 그 창문에 기관총을 몇 발 갈겼다. 창틀과 유리의 파편이 쏟아져 내리며 저택을 감싸고 있는 시커멓고 매캐한 연기가 꾸역꾸역 몰려들었다.

보란은 충계를 완전 장악할 수 있는 위치에 가만히 서서 연기가 복도에 가득 차기를 기다렸다. 계단 아래쪽의 짙은 회색빛 구름 속에서 흥분한 사내들의 말소리가 들려 왔다.

「올라간 것 같아.」

「놈이 가진 걸 봤어?」

「아니. 혹시 대포를 가지고 다니는 건 아닐까?」

「대포를 어떻게 들고 다녀.」

「그럼 소리가 요란한 걸로 보아 기관총인지도 몰라.」

「그런데 대장은 어디 있어?」

「글쎄? 영감님을 보호하러 이층으로 달려간 것 같아.」

「그럴 거야.」

사내들은 연신 콜록거리며 얘기를 주고받았다.

보란은 사내들에게 토니 리볼리가 있는 곳을 알려줘 고맙다는 인사라도 하고 싶은 심정이었다. 그는 가스 마스크 속에서 차가운 미소를 지으며 맥 보란이 얼마나 예의 바른 전사(戰士)인지 보여 주기로 작정했다.

사내들이 위쪽으로 올라오는 듯 연기 속에 검은 실루엣이 드러났다. 보란은 그 순간을 놓치지 않고 그림자를 향해 자동 소총을 마구 갈겨 댔다. 검은 실루엣들의 비명이 총성과 불협화음을 이루며 터져 나왔다. 그러나 그것도 잠깐이었고 사내들은 망가진 인형처럼 춤을 추다가 바닥에 나뒹굴었다. 사내들의 사형 집행을 신속히 끝냄으로써 보란은 그들에게 고맙다는 인사를 한 셈이었다.

보란은 천천히 복도를 걸어갔다. 토니 리볼리를 해치우려면 그가 문을 열고 제발로 밖으로 걸어나오는 순간을 기다렸다가 형을 집행하는 방법이 가장 손쉬울 것이다. 그러나 그렇게 간단히 놈을 없애 버린다는 것은 보란의 성에 차지 않았다.

그리고 놈을 처치하기 전에 데마르코에게 한 가지 일깨워 줘야만 할 것이 있었다. 그의 아성이 얼마나 보잘것없고 허점이 많은 곳인가 하는 사실을.

토리 리볼리만 있으면 모든 경계 태세가 완전 무결하게 이루어진다고 착각하고 있던 데마르코 영감이 세상을 떠나기 전에 이렇게 뜨거운 맛을 보게 될 허점이 구석구석에 가득했다는 점을 깨우쳐 주어야 했다. 토니 리볼리를 지나치게 믿는 것이 얼마나 어리석은 일인가를 이 보란이 똑똑히 알게 해주마.

영감에게 절망을 안겨 주는 것은 생각만 해도 즐거운 일이었다. 72세나 된 늙은이에게 직접적인 폭력을 가하는 것은 보란같이 인간적인 사람에겐 전혀 취미에 맞지 않는 일이었다.

물론 로먼 데마르코가 늙은 몸이긴 하지만 보통 독종이 아님을 보란도 잘 알고 있었다. 그 노인네는 여전히 당당한 영주(領主)였다. 테러, 협박, 살인, 밀매 등으로 점철된 검은 왕국의 주인공으로서 무서운 힘을 지니고 있는 위험스런 인물이었다. 그러나 보란은 노인의 숨이 넘어가기 전에 그 모든 권력과는 하등 상관없는 절망감을 맛보게 하리라고 다짐했다.

그 결심을 실천할 방법으로 선택된 것이 미스터 킹의 머리통에 저격수 메달을 쑤셔 넣는 것이었다. 샌프란시스코를 주무르는 악마인 미스터 킹이 어떤 인물이건 간에 보란은 놈을 반드시 자신의 손으로 처단하기로 작정하고 있었다.

그러나 아직까지 보란은 미스터 킹의 그림자를 잡지 못한 상태였다. 그래서 일단 리볼리 쪽으로 눈길을 돌린 것이다.

토니 리볼리를 쉽게 죽어 버릴 수도 있었다. 하지만 그렇게 되면 게임의 재미는 훨씬 줄어들게 된다. 그런 이유로 보란은 러션힐에 우뚝 솟은 데마르코의 저택을 발칵 뒤집어 놓기로 마음먹었다.

맥 보란은 이제 오늘의 공격에서 제2장을 열어야 할 때가 되었다고 판단했다. 데마르코의 눈앞에서 러션힐의 호랑이의 숨통을 끊어 놓으리라. 보란은 호랑이를 잡으려면 어디로 가야 하는지를 누구보다도 잘 알고 있었다.

그 시각 강력반 소속의 빌 필립스 경사는 무전기를 붙들고 열 띤 목소리로 보고를 하고 있었다.

「러션힐의 데마르코 저택에서 난장판이 벌어졌습니다. 본격적인 기습일지 아니면 일종의 수색전일지 가능성은 반반씩입니다. 저택 주변은 시커먼 연막에 휩싸여 있습니다. 지금 막 요란한 총성이 났습니다. 총소리로 미루어 기습 공격 쪽일 가능성이 높습니다. 포위망을 쳐야 할 것 같습니다. 소방대의 출동 여부는 좀 더 두고 봐야겠습니다.」

흑인 경사는 눈앞에 벌어지고 있는 상황을 하나도 남김 없이 침착하게 보고했다.

「그 부근에 기동대를 배치하겠다. 너무 접근해서는 안 돼. 멋대로 덮쳐서도 곤란하다. 모든 움직임은 본부의 명령에 따르도록. 알겠나?」

무전기의 스피커를 울리는 소리는 매우 흥분된 것이었다.

「알겠습니다.」

필립스 경사는 무전기를 내려놓으며 동료인 백인 경찰에게 미소를 지어 보였다.

「한마디로 건드리지 말라는 얘기지.」

「섣불리 나섰다간 박살나기 십상이니 몸조심하라는 뜻이군.」

정복 백인 경찰은 킬킬거리며 대꾸했다.

「본부에서 우릴 그렇게 생각해 주니 눈물이 다 나는군그래. 아무튼 2분 안에 기동대가 도착하겠지.」

필립스 경사는 점퍼 주머니에서 리볼버를 꺼내 조심스럽게 점검해본 다음 다시 집어넣었다.

「어쩌면 놈을 잡을 수 있을지도 모르겠군.」

백인 경찰이 말했다.

「글쎄? 기동대가 도착할 무렵쯤에 놈이 금문교 근처까지 내빼버리면 어떻게 하지? 우린 닭 쫓던 개 지붕만 올려다봐야잖아.」

필립스 경사는 툴툴거렸다.

연막에 휩싸인 데마르코의 저택에서는 때때로 요란한 총소리가 터져 나오고 있었다.

「빌, 저 소리를 들어봐. 쉽게 끝날 것 같지는 않은데?」

빌 필립스 경사는 고개를 끄덕이더니 무슨 생각을 했는지 순찰차에 비치해 놓은 가스 마스크를 집어들었다.

「아니, 자네 어쩌려구……?」

정복 경찰은 염려스러운 눈빛으로 필립스를 쳐다보았다.

「염려 마. 잠깐 살펴보려는 것뿐이니까. 자넨 여기 있게.」

필립스는 마스크를 쓰고 차에서 내렸다. 흑인 사복 경사는 주머니에서 리볼버를 꺼내 들더니 총소리와 비명이 번갈아 쏟아져 나오는 저택 쪽으로 뛰어갔다.

보란은 복도 끝에 있는 문을 열어젖힘과 동시에 바짝 벽에 붙어 섰다. 그곳은 카포의 방으로 통하는 대기실이었다. 총성은 없었다. 시커먼 연기가 대기실로 몰려 들어갔다.

잠시 후 기침 소리와 재채기 소리가 나더니 두 사내가 손을 머리 위에 얹은 채 튀어나왔다.

「얼른 꺼져. 뒤돌아보지 말고!」

보란은 음산한 목소리로 명령했다.

두 사내는 앞서거니 뒤서거니 하며 연기 속으로 사라졌다.

보란은 대기실로 들어섰다. 정면에 호화롭게 치장된 문이 보였다. 보란은 손잡이를 돌려 보았으나 안으로 잠긴 채였다. 그는 한 걸음 물러서서 자물쇠 부분에 총을 쏘았다.

순간 안쪽에서 총소리가 터져 나왔다. 문을 뚫고 나온 뜨거운 납덩이는 보란의 귓전을 스쳐 날카로운 휘파람 소리를 남긴 채 벽에 들이박혔다.

보란은 잠시 숨돌릴 틈도 두지 않고 자동 소총을 갈겨 댔다. 순식간에 문은 산산 조각이 나버렸다. 그러나 보란은 사격을 멈추지 않았다. 매캐한 연기와 나뭇조각과 끔찍한 불꽃이 방 안으로 쏟아졌다.

총소리가 그치자 고통으로 일그러진 사내의 신음 소리가 들려왔다. 사내의 발 밑에는 피에 젖은 권총이 떨어져 있었다. 사내는 침대 위에 엎어져 있었다. 연두색 침대보가 피로 붉게 물들어갔다.

로먼 데마르코는 전혀 어울리지 않는 실크 잠옷 바람으로 창가에 서서 안절부절못하고 있었다. 영감은 상처 하나 없었지만 노랗게 질린 채 진땀을 뻘뻘 흘리고 있었다.

보란은 대기실의 문을 닫아 연기가 더 이상 들어오지 못하게 한 다음 데마르코의 침실로 성큼 들어갔다.

침대 위에 엎어져 있던 러션힐의 호랑이는 간신히 몸을 일으키고 보란을 노려보았다. 그는 왼손으로 오른쪽 팔을 움켜 잡고 있었는데 총격을 당한 오른팔에서는 쉴 새 없이 피가 흘러나왔다. 값비싼 그의 양복은 피에 젖은 채 형편없이 구겨져 있었다.

「물건을 받았으면 서명을 해줘야 하잖아?」

보란은 가스 마스크를 벗으며 차갑게 말했다.

리볼리는 핏발 선 눈동자로 보란을 올려다보며 무슨 말을 하려는 듯 입술을 달싹거렸다. 그러나 그의 목구멍을 넘어온 것은 상처 입은 짐승의 신음과 같은 것이었다.

영감은 멍청한 얼굴로 〈이럴 수가!〉만 연발하다 비틀거리며 리볼리에게로 다가갔다. 그리고는 베갯잇을 벗겨내 리볼리의 상처를 감싸 주려 했다.

「그만두시지, 영감. 아무 소용없는 짓이니까.」

보란은 비웃음이 가득 담긴 목소리로 말했다.

「자비 같은 것은 바라지 않는다. 빨리 쏴! 어서 죽여 달란 말이야!」

리볼리는 쉰 소리로 말하며 헐떡거렸다.

「물론 그렇게 해주고말고.」

보란의 목소리에는 손톱만한 동정심도 섞여 있지 않았다.

보란은 데마르코의 어깨를 잡아채 뒤로 밀쳐 냈다. 동시에 자동 소총이 단 한 번 불을 뿜었다.

러션힐의 호랑이는 눈을 커다랗게 뜨고 가슴을 쥐어뜯었다. 전신에서 경련을 일으키던 그는 마침내 힘이 풀린 듯 무릎을 꺾더니 둔탁한 소리를 내며 쓰러졌다. 부릅뜬 두 눈은 천장의 샹들리에를 노려보고 있었다. 피비린내가 방 안에 진동했다.

보란은 다시 가스 마스크를 썼다.

데마르코는 보란이 자신의 어깨를 잡아챌 때 끝장이 났다고 생각했었다. 그러나 눈앞에서 리볼리가 널브러지자 어리둥절해지고 말았다.

「이게 도대체……!」

데마르코는 오금이 저려 제대로 서 있을 수조차 없었다. 그러나 맥 보란은 넋을 잃은 카포의 말엔 아무런 대꾸도 하지 않았다. 그는 창가로 다가가 창문을 열고 잠시 아래를 내려다보더니 별로 망설이는 기색도 없이 창틀을 넘어 밖으로 나갔다.

로먼 데마르코는 한동안 멍청하게 서 있다가 보란이 사라진 창 쪽으로 급히 다가가 바깥을 살펴보았다. 그러나 그는 이제 서서히 기세가 수그러지는 연막만 보았을 뿐 키가 큰 사내의 모습은 끝내 찾아내질 못했다.

보란은 데마르코의 자랑스런 저택을 쑥대밭으로 만들어 놓고 〈꼬마 토니〉의 피로 카포의 방을 치장해 놓은 뒤 감쪽같이 사라져 버린 것이었다.

데마르코는 창으로 들어오는 연기 때문에 눈이 따가웠다. 그는 얼른 창문을 닫고 침대로 되돌아갔다. 토니 리볼리의 처참한 최후의 모습을 우두커니 내려다보며 영감은 다시 한 번 부르르 몸을 떨었다.

그는 홈 바로 휘적휘적 걸어가 커다란 잔에 술을 가득 따라 들고 무너지듯 소파에 주저앉았다. 향기로운 술이 사방으로 튀었다.

「꼬마 토니는 호랑이가 아니었어. 진짜 호랑이는 저곳으로 나가 버렸어!」

영감은 보란이 사라진 창을 멍청하게 손가락질하며 중얼거렸다.

# 9
## 재 회

맥 보란이 데마르코의 침실을 빠져 나와 땅으로 내려선 것은 전투를 개시하고부터 정확히 9분이 지난 뒤였다. 그것은 보란이 전투 현장을 무사히 빠져 나가기 어려워졌음을 의미했다.

저택을 휩싸고 있던 연막은 이제 거의 걷혀 있었다. 그러나 저택 앞쪽은 아직도 혼란의 도가니였고 건물 안에서는 서로 욕설을 퍼붓는 사내들의 목소리가 들려 오고 있었다.

「환풍기를 돌려! 얼른 연기를 뽑아내야 할 것 아냐?」

집 안에서 사내 중 한 명이 거칠게 내지르는 소리였다.

이층 창문에서 한 사내가 몸을 반쯤 내밀더니 두리번거렸다. 그 사내는 보란을 발견하고 총을 꺼내려 했다. 하지만 보란이 아끼는 베레타는 그것을 용납해 주지 않았다. 파라베람탄을 가슴에 안은 사내는 곧 방 안으로 모습을 감추었다.

보란은 연막이 30초 가량만 더 계속된다면 얼마나 좋을까 생각하며 저택 뒤뜰로 급히 걸음을 옮겼다. 차고에 이르자 그는 지붕 위로 올라가려 했다.

그러나 연막 속에서 한 사내가 튀어나오는 바람에 보란은 그 자리에 멈춰 서지 않을 수 없었다. 사내는 보란을 발견하자마자 냅다 소리를 질렀다.

「꼼짝 마! 움직이면 쏠 테다!」

사내도 가스 마스크를 쓰고 있었기 때문에 그 명령은 매우 불확실하게 들렸다.

사내는 경찰임에 분명했다. 사복을 하고는 있었지만 탄띠에 선명한 경찰 표지가 붙어 있었다. 38구경 리볼버를 움켜쥐고 있는 손은 거무스름했다.

보란은 잠시 머뭇거렸다. 무엇보다도 너무 시간을 끌었다는 후회가 밀려들었다.

그는 될 수 있는 한 법을 집행하는 사람들과의 정면 충돌은 피해 왔다. 물론 경찰 중에는 속에서부터 썩은 냄새를 풍기는 놈들도 많았다. 보란이 위험을 무릅쓰고 사형을 집행하는 녀석들보다 더 악질인 놈들도 있었다.

그러나 경찰은 결코 보란의 적이 될 수 없었다. 그는 항상 경찰을 자신과 한편으로 생각해 왔다. 그리고 이제껏 단 한 번도 경찰을 향해 총질을 한 적이 없었다.

하지만 경찰은 보란을 잡기 위해 혈안이 되어 있었다. 경찰에 항복한다는 것은 곧 마피아와의 전투에 종지부를 찍는다는 것을 의미했다. 보란이 죽음을 각오하고 끊임없이 전투를 벌이는 것은 어떤 절대적인 사명감 때문이었다. 또한 그것은 그가 살아 있어야 하는 유일한 구실이기도 했다. 그는 자신이 벌이고 있는 전투를 매우 신성한 것으로 생각하고 있었다. 그가 전투를 벌이는 것은 사리 사욕을 채우기 위함이 아니었다. 세상의 암과도 같은 마피아 조직을 쓸어버리려는 순수한 목적을 위해 보란은 자신의 혼신을 던져 전투를 벌이고 있는 것이었다. 만일 사리 사욕을 새우기 위해 그렇게 많은 전투를 치렀었다면 보란의 목숨은 이미 저승의 거리를 헤매고 있었으리라.

보란은 자신을 노려보고 있는 감정 없는 총구를 쏘아보며 악몽에 시달리고 있는 것 같은 착각에 사로잡혔다.

빌 필립스 경사가 맥 보란에게 보인 반응은 경찰관으로서의 본능에 가까운 것이었다.

키가 큰 검은 옷의 사내는 베레타를 움켜쥔 채 굳어 버린 듯 꼼짝도 하지 않고 있었다.

두 사내는 서로에게 총구를 들이댄 채 마주 보고 서서 잠시 각자의 생각에 골몰했다.

두 사람은 비슷한 점이 많았다. 둘 다 가스 마스크를 쓰고 있었고 검은색 일색이었다. 맥 보란은 검은 전투복 차림이었고 경찰관은 날 때부터 검은 피부였다.

그러나 한 사내는 공무를 집행하는 사람이었고 다른 한 명은 전국적인 수사선상에 올라 있는 범죄자였다.

키가 큰 사내의 손에 들린 베레타가 조금 아래로 처졌다.

「좋소. 어서 쏘시오!」

보란은 담담하게 말했다.

「이봐, 이건 장난이 아냐. 나로서도 어쩔 수 없는 상황이야. 우린 지금 월남에 있는 게 아니라구, 보란.」

흑인 경관이 음울하게 대꾸했다.

보란의 베레타가 조금 더 아래로 내려갔다.

「자네 혹시…… 필립스 아닌가?」

보란은 가스 마스크를 쓰고 자신에게 총을 들이대고 있는 사내의 목소리를 다시 한 번 듣는 순간 그가 누구인지를 대번에 알아차렸다. 다만 확인하고 싶었을 뿐이었다.

「왜 아니겠나?」

경찰관은 가스 마스크를 벗어 던졌다. 그러나 리볼버의 총구는 여전히 보란을 향해 열린 채였다. 그는 한숨을 내쉬고 나서 말을 계속했다.

「제발, 자네에게 방아쇠를 당기는 일이 없도록 해주게.」

「난 이미 죽은 사람이나 다름없어. 만일 자네가 나를 체포한다면 완전히 살아날 가망이 없어진다구.」

보란도 가스 마스크를 벗어 등 뒤로 던졌다.

「한 가지 물어 보겠네. 자네 영감을 처치해 버렸나?」

필립스 경사는 입술 끝을 치켜 올리며 물었다.

「아니, 내 목표는 늙은이가 아니었어.」

「뜻밖이군. 그럼 누구?」

「호랑이였지.」

「그렇다고 달라질 건 없어. 난 자넬 체포해야 하네.」

필립스 경사는 웃음을 거두고 한 발 다가섰다.

그러나 다음 순간 보란은 날쌔게 경찰에게 달려들어 그를 쓰러뜨리고 총을 쏘아 댔다.

필립스는 어리둥절했다. 그는 솜씨가 서투른 애송이가 아니었다. 어쩌면 긴장 때문에 다소 허점이 노출되었는지도 모른다. 하지만 필립스가 보란에게 다가선 바로 그 순간에 일어난 일은 도저히 어떻게 설명할 길이 없었다.

보란은 필립스를 꼼짝 못하게 내리누르며 베레타를 쏘아 대고 있었다. 그러나 그의 목표는 경사가 아니라 연기 속에 허둥대는 사내들이었다. 사내들의 비명과 베레타의 사격음, 그에 대항하는 리볼버의 음산한 소리가 필립스의 머릿속을 어지럽혔다.

필립스는 갑자기 월남전 당시로 다시 돌아간 것처럼 생각되었다. 죽느냐, 죽이느냐, 두 가지 외에는 전혀 생각할 필요가 없는 상황이 전개된 가운데 맥 보란 중사는 적들을 맞아 열심히 죽음을 선물하고 있었다.

벽을 등지고 있는 그들을 향해 적들은 삼면에서 포위망을 좁혀들고 있었다.

맥 보란 중사는 필립스가 속해 있던 특공대의 분대장이었다. 아니, 그는 지금도 자신의 분대장인 것이다.

보란은 어느새 자동 소총을 꺼내 들고 놈들을 향해 시퍼런 불꽃을 뿜어 대고 있었다.

「분대장님, 저도 돕겠습니다.」

필립스는 까만 눈동자를 번득이며 말했다. 보란은 잠깐 침묵을 지키며 총을 쏘아 대다가 고개를 끄덕였다.

「좋아. 왼쪽을 맡게.」

보란은 무뚝뚝하게 대꾸했다.

필립스는 리볼버를 움켜쥐고 연기 속에서 어지럽게 움직이는 적들을 향해 열심히 총탄을 퍼부어 댔다. 그러나 월남전에서 그가 맞섰던 화기에 비한다면 상대방의 화력은 너무나 미약한 것이었다. 보란이 갈겨 대고 있는 쇳덩어리에서는 무시무시한 사격음이 쏟아져 나왔고 그 때문에 상대적으로 리볼버가 더욱 초라하게 느껴졌다.

「차고 지붕 위로 올라가. 나도 곧 뒤따라간다.」

보란이 명령했다. 강력반 소속의 필립스 경사는 열대의 밀림 속에서 들었던, 귀에 익은 목소리가 내리는 명령에 순순히 따랐다. 위험으로 가득 찬 밀림 전투에서 살아 남을 수 있었던 것은 분대장의 명령에 본능적으로 따랐던 덕분이었음을 그는 잊지 않고 있었다.

필립스는 왼쪽에서 불쑥 튀어나온 사내에게 한 방 먹이고는 재빨리 차고 지붕 위로 기어올랐다. 그러는 동안 보란은 한쪽 무릎을 꿇은 자세로 연기 속에서 바삐 움직이는 사내들을 향해 무자비하게 자동 소총을 쏘아 대었다. 끔찍한 울부짖음과 비명이 터져나왔다.

필립스는 지붕으로 올라가자마자 아래쪽에 대고 총알을 퍼부어 보란이 차고 지붕으로 올라올 수 있도록 엄호 사격을 해주었다. 보란도 지붕 위로 올라왔다.

두 사내는 지붕을 타고 담장 쪽으로 다가가 바깥으로 뛰어내렸다. 더 이상의 추격은 없었다. 그들은 사람들의 눈에 띄지 않는 잡목숲 사이에서 숨을 돌리며 미소를 주고받았다.

「하마터면 자네를 죽여 버릴 뻔했어.」

필립스는 아직도 헐떡이며 말했다.

「무슨 말인가?」

「토니 리볼리는 자네를 잡으려고 이 일대에 전투원들을 풀어놓았거든. 자네에게 미리 일러줄 수도 있었지만 난 그러질 않았지.」

「하지만 결과는 똑같아. 자네와 마주친 그때 난 제일 큰 위험 속에서 빠져 나온 참이었거든.」

「아무튼 미안하네.」

「별 소리를 다하는군. 자넨 올바른 일을 하는 조직에 몸담고 있지 않나? 자네들의 입장에서 본다면 문제를 일으키고 다니는 쪽은 바로 나란 말이야. 난 참 형편없는 놈이지.」

「천만에. 그렇지 않다는 걸 자네 자신이 누구보다 잘 알면서 왜 그러나? 조금 전만 해도 그래. 자넨 날 없애 버릴 수도 있었어.」

흑인 경사는 껄껄 웃었다.

보란은 자동 소총의 탄창을 갈아 끼운 후 심호흡을 했다.

「자네 말이야, 날 데려가려면 아마 내 숨통을 끊어 놓은 후에야 가능할 거야.」

보란의 음성은 냉랭하기까지 했다.

「자넬 어디로 데려간단 말인가? 난 이제 그럴 생각이 싹 가셨어. 또 그러고 싶은 마음이 있다 해도 지금은 불가능하군. 내 총엔 총알이 한 발도 남아 있지 않거든. 꼼짝없이 자네가 하자는 대로 할 수밖에.」

필립스는 어깨를 으쓱하며 킬킬거렸다.

보란도 얼굴 가득 미소를 떠올렸다.

「자네 갯지트 슈바르츠와 〈정치가〉가 이곳에서 살고 있다는 걸 아는지 모르겠군.」

필립스는 리볼버를 점퍼 주머니에 집어넣으면서 보란에게 말했다.

「샌프란시스코에 살고 있단 말인가?」

보란은 깜짝 놀랐다.

「몰랐던 게로군.」

「그래. 생각지도 못했었네. 철저하게 숨어 지내는 모양이군.」

「그렇다네. 이름도 바꿨다구. 갯지트는 여전히 전자 공학과 관련된 분야의 일을 해. 〈정치가〉 녀석은 보이스 클럽에서 뭔가를 하고 있고.」

보란의 눈동자에 그늘이 드리워졌다.

「잘 지내고 있어. 늘 자네 걱정이지.」

「돈에 쪼들리지는 않고?」

「내가 알기론 그런 문제는 없어.」

생각에 잠긴 채 자동 소총을 어루만지고 있는 보란을 바라보며 필립스는 그가 입을 열기를 기다렸다.

「자네도 나의 전투에 관심을 갖고 있나, 필립스?」

「물론.」

흑인 경사는 당연한 듯 대꾸했다.

「그럼 자네가 데마르코 저택에 나타난 게 결코 우연은 아니었군.」

「난 새벽 3시부터 그곳을 배회하며 자네가 오기만을 기다렸었지.」

「고생한 보답을 받은 셈이야.」

보란은 소리를 죽여 킬킬거렸다.

「그런데 자네 얼굴 말이야. 아무리 뜯어봐도 옛날 그대로는 아닌 것 같아. 내 눈이 나빠진 건가, 아니면⋯⋯?」

필립스는 보란의 옆모습에 눈길을 고정시킨 채 물었다.

「좀 손을 봤지. 하지만 얼굴 모습이 달라졌다 해서 전투에 크게 지장이 있는 것은 아니지 않나? 죽을 때 어떤 얼굴을 하고 있느냐는 별로 중요한 문제가 아니거든.」

보란은 가볍게 대꾸했다.

「보란, 우린 지금 아주 짧은 휴전 상태에 놓여 있어. 자네가 샌프란시스코에서 계속 일을 벌이고 다닌다면 우린 아마 머지않아 다시 만나게 될 거야. 그러나 다음번에 만날 땐 어떤 상황이 벌어질지 전혀 예측할 수 없어. 그러니 제발 이곳을 떠나 주게.」

필립스 경사는 갑자기 경찰로서의 본분을 떠올린 듯 표정이 굳어지더니 침통한 목소리로 말했다.

「난 당분간 여기 머물 생각인데?」

보란도 무뚝뚝하게 대꾸했다.

「당장 떠나는 게 좋아. 여긴 보통 살벌한 곳이 아니라구. 매치슨 서장은 쌍심지를 돋우고 자넬 없애 버릴 궁리만 하고 있지.」

필립스는 한숨을 내쉬었다.

「강력반 책임자 말이로군.」

보란은 혼잣말처럼 중얼거렸다.

「아니, 자네가 그걸 어떻게 알고 있나?」

필립스는 의외라는 표정을 지었다.

「다 아는 수가 있지. 자네도 강력반 소속인가?」

「물론.」

「자네는 사는 데 지장이 없나?」

보란은 분대장으로서 필립스 대원에게 물었다.

「지금까지는 그래.」

「꽉 막힌 샌프란시스코 경찰국에 근무하는 게 불만스럽지 않아?」

「나도 그 경찰들 중 한 놈인 걸?」

필립스는 이를 드러내며 웃었다.

「그렇군!」

보란은 너털웃음을 터뜨렸다. 그는 자리에서 일어서며 흑인 경사의 어깨를 툭툭 쳤다. 필립스도 따라 일어섰다.

「자, 그만 헤어져야지? 다시 한 번 월남에서와 같은 전투를 할 날이 있을 거야.」

보란은 손을 내밀었다.

두 사람은 서로의 눈동자에 담긴 얘기를 읽으며 굳은 악수를 나눴다.

필립스가 먼저 입을 열었다.

「월남 전투는 치열했었지.」

「평생 잊지 못할 경험이야.」

보란은 진지하게 고개를 끄덕였다.

「하지만 오늘의 전투도 월남에서와 마찬가지였어. 아니, 그보다 더 어려운 것이었다구. 앞으로도 너무 수월하게 생각지 말아.」

「무슨 뜻인지 알아듣겠네.」

「그 말이 진심이라면 샌프란시스코를 떠나 주게.」

「그럴 순 없어.」

「고집 불통이군. 이놈의 전투가 그렇게 큰 의미를 갖는 건가?」

「그렇다네.」

보란은 차가운 얼굴로 대꾸하며 악수를 풀었다.

「우리의 휴전은 이걸로 끝이야. 행운을 비네.」

필립스는 홱 돌아서더니 잡목숲을 헤치고 사라져 버렸다.

보란은 반대 방향으로 걸음을 옮겼다.

보란에게는 한순간 한순간이 생사와 직결되는 것이었다. 그는 매우 중대한 임무를 띠고 있는 전사였다. 그 임무를 수행하기 위해선 월남에서의 전투보다 몇 배나 어려운 상황에 처한다 해도 뚫고 나가야만 했다. 결코 도중에서 그만둘 수는 없었다.

# 10
## 맥 보란의 신앙

맥 보란 중사는 알파 특공대의 분대장 중 한 명이었다. 그가 지휘하던 분대는 다른 분대들과는 비교가 되지 않을 정도로 왕성한 사기를 보이며 매번 커다란 전과를 거두곤 했다. 그렇듯 보란이 이끄는 분대는 임무를 언제나 신속하고 철저하게 수행하여 항상 기대 이상의 실적을 보였기 때문에 가장 어려운 임무들만 떠맡기도 했었다.

그 분대가 그처럼 뛰어난 능력을 발휘할 수 있었던 것은 보란이 분대장으로 있으면서 남다른 기량을 발휘한 덕분이었다.

알파 특공대는 섬멸 작전을 전문적으로 했었다. 그들이 지나간 자리에는 살아 숨쉬는 것은 어떠한 것도 남아 있지를 않았다.

보란이 지휘하는 분대는 호지명 루트를 누비며 활약했었다. 그들은 비무장 지대에 자리잡고 있는 월맹군의 거점만을 노려 대담하게 기습 공격을 퍼붓곤 했다. 월맹군은 알파 특공대의 알

자만 들어도 풀섶에 머리를 처박고 부들부들 떨었다. 그들의 작전은 라오스나 캄보디아까지 광범위하게 전개되었다. 달아나는 적을 추적하기 위해서 혹은 적의 거점에 치명적인 타격을 주기 위해서라면 그들은 국경선 따위에 아랑곳하지 않고 임무를 완수했다.

그들이 한번 공격 목표로 삼게 되면 그곳이 어디든 이미 폐허로 변해 버린 것이나 다름없었다.

일단 작전에 나서면 그 순간부터 작전이 끝날 때까지 그들에겐 단 1초도 휴식이란 것이 없었다.

맥 보란은 가는 곳마다 빛나는 전과를 올렸다. 보란은 헤일 수 없는 많은 훈장과 표창장, 그리고 공로패들을 받았지만 그것들을 달갑게 여겨본 적이 한 번도 없었다.

사실 그는 어쩔 수 없는 절박한 상황에 직면해 있었기 때문에, 죽지 않기 위해 상대를 죽였을 뿐이었다. 그가 사람의 목숨을 빼앗는 데 남다른 재주가 있다는 것은 그 자신도 인정했지만 그러나 그것이 결코 자랑거리가 될 수는 없다고 생각하고 있었다.

일단 싸움에 뛰어든 바에야 어쨌든 이겨 놓고 볼 일이었다. 보란은 어떤 싸움이든 초인적인 전투 능력을 발휘해서 승리로 이끌어갈 수가 있었다. 그러나 한편으로 냉정하게 생각해 보면 무수한 인명을 살상하는 것은 참으로 끔찍한 일임에 틀림이 없었다. 보란의 가슴속에는 언제나 그런 죄의식이 묵직하게 남아 있을 뿐 임무 수행 능력에 대한 자부심 같은 것은 손톱만큼도 없었다.

맥 보란이 미국으로 돌아와 마피아를 상대로 전투를 벌이면서 월남에서의 전우로부터 도움을 받은 건 이번이 처음이 아니었다. 그는 한때 월남전의 전우들을 소집해서 범죄 조직에 대한 투쟁을 전개할까 생각했었고, 로스앤젤레스에서는 실제로 〈죽음의 특공대〉를 만들어 마피아와 싸운 적도 있었다.

그러나 거대한 범죄 조직에 대한 그때의 반격 작전은 비참한 패배로 끝나고 말았다. 로스앤젤레스 전투 때 그와 함께 싸웠던 아홉 명의 동료들 중 살아 남은 사람은 갯지트 헤르만 슈바르츠와 〈정치가〉로 통하는 로자리오 블랭카날레스 두 사람뿐이었다.

그들은 법의 심판을 받고, 특공대원이 아닌 사회인으로서 생활하게 되었다. 그러나 그들은 언제나 마피아에게 쫓김을 당했고 한시도 마음을 놓을 수 없는 상태로 그늘에서 숨어 지내야만 했다. 그들은 보란의 전투에 단 한 번 참여한 대가로 마피아의 블랙리스트에 올라 평생을 긴장 속에서 살아갈 수밖에 없게 된 것이다.

보란은 다시는 그런 어리석은 노릇을 반복하지 않겠다고 굳게 맹세했었다. 그의 전투에 다른 사람을 끌어들여 그 사람마저 올바른 삶을 살아가지 못하게 만든다는 것은 그 자신이 도저히 용납할 수 없는 일이었다.

보란이 뛰어든 전장은 특수한 성격을 띠고 있었다. 그곳은 이 세상에 썩은 냄새를 뿌리고 있는 온갖 범죄자들을 쓸어버리기 위한 처절한 전투 현장이었다. 그는 갖가지 살인 기술과 최고로 단련된 정신력을 가져야만 피에 젖은 전장에서 살아 남을 수 있다고 생각해 왔다. 그리고 그런 전쟁을 치러낸 다음에는 신이 내리는 심판을 달게 받을 각오가 되어 있었다.

맥 보란 중사는 종교적인 신앙에 얽매인 사람은 아니었다. 그는 교회에서 기도하고 찬송하는 행위엔 의미를 부여할 수 없었다.

그러나 보란은 우주 그 자체가 아무런 질서도 없이 제멋대로 움직이고 있다고는 생각지 않았다. 그것은 종교적인 신앙과는 비교될 수 없는, 어떤 알지 못할 큰 힘에 의해 움직이며 인간의 영역으로서는 도저히 이해하기 힘든 섭리의 지배를 받는 것으로 생각되었다.

우주의 질서를 유지하기 위해 작은 힘이나마 보탤 수 있는 요소로서 자신을 인식하는 것, 그것이 보란이 지니고 있는 소박한 신앙이라면 신앙이었다. 또한 그런 소박한 신앙을 바탕으로 전투를 치러내고 있기 때문에 보란은 언제나 자신의 임무가 크고 원대하다고 생각하고 있었다.

마피아에 대한 보란의 전쟁은 우주 질서를 바로잡는 데 한몫을 한다는 명분을 갖고 있었다. 그렇기 때문에 맥 보란은 쉽사리 그 전장에서 빠져 나올 수 없는지도 몰랐다.

# 11
## 유 혹

　보란은 자동 소총을 자동차 뒷좌석 시트 밑에 쑤셔 넣은 후 다시 변장을 했다. 화약 냄새와 피비린내가 물씬거리는 전투복 위에 작업복을 입고 흰색 재킷 대신 푸른색 재킷을 걸친 다음 윗입술을 살짝 가리고 있던 콧수염을 떼어냈다. 그리고 안경을 콧등에 얹었다. 그는 껌을 두 개 까서 입 속에 넣고 열심히 입을 우물거렸다.

　보란은 그의 전진 기지에 시동을 걸었다. 차체 옆면을 장식하고 있던 〈베이 배달 회사〉란 글씨와 마크는 어느새 말끔히 지워져 있었다.

　데마르코 저택으로부터 세 블록쯤 떨어진 곳에 이르자 길 옆에 순찰차 한 대가 서 있는 것이 보였다. 보란은 순간적으로 경찰이 바리케이드를 쳐놓고 있다는 판단을 내렸다.

　보란은 경찰의 포위망이 어떤 것인지 잘 알고 있었다. 비단 보란처럼 전투에 단련된 사람이 아니라 하더라도 조금만 눈치가 있는 사람이라면 쉽게 간파할 수 있었다. 보란은 천천히 왜건을 몰면서 길 옆에 멈춰 있는 순찰차를 관찰했다.

앞좌석에 정복 경관 두 명이, 뒷좌석에는 사복 경관 두 명이 각각 앉아 있었는데 라이플을 세워 놓았는지 은색 쇠붙이가 뒷 차창을 통해 내다보였다. 그 옆에는 최루탄 발사 장치도 나란히 놓여 있었다.

보란은 싱긋 웃으며 눈을 돌려 앞쪽을 똑바로 바라보았다.

약 100야드 앞에 교통 사고가 난 것 같았다. 두 대의 자동차가 차선의 3분의 2를 차지한 채 T자 모양으로 서 있었고 호루라기를 입에 문 교통 순경이 차들을 한쪽으로 유도하고 있었다.

조사를 받기 위해 붙잡혀 있는 차들이 보이자 보란은 혀를 끌끌 찼다. 왜건을 앞서 달리던 차들 중 대부분은 그 지점을 지나가도록 되어 있었다. 보란은 그 속으로 들어갈 수는 없다고 생각했다. 그랬다간 영락없이 잡혀 들고 말 것이다. 경찰들이 제법 까다롭게 조사를 하고 있었기 때문이었다.

그러나 갑작스레 차를 돌릴 수는 더더욱 없었다. 그것은 어서 와서 잡아가 달라는 신호나 다름없었다.

보란은 최대한 천천히 왜건을 몰고 가다 차선을 바꿔 길 옆에 주차해 있는 순찰차로 다가가 멈춰 섰다. 그리고는 차창을 내리고 경찰관에게 말을 붙였다.

「무슨 일이라도 생겼소?」

보란은 불량배처럼 껌을 소리나게 씹어 댔다. 경찰관은 얼굴을 잔뜩 찌푸린 채 아무 대꾸도 하지 않았다.

「무슨 일이냐고 묻지 않았소?」

보란은 더욱 요란하게 껌을 씹으며 빙글빙글 웃었다.

「귀찮게 굴지 말고 빨리 꺼져.」

경찰관은 무뚝뚝하게 내뱉었다.

「왜 그렇게 딱딱하게 나오는 거요? 내가 알면 안 되는 거라도 있소?」

「거 참, 귀찮게 구는군. 당신 때문에 앞이 가려 안 보이니까 빨리 비키란 말이야.」

「아니, 무슨 일이냐는데…….」

「그런 건 딴 데 가서 알아봐. 고철 덩어리 같은 자동차를 어서 빼지 못해!」

경찰관은 험상궂은 얼굴을 더욱 일그러뜨리며 쏘아붙였다.

보란은 입 속으로 불만을 투덜거리며 차장을 올리고 화가 난 듯 거칠게 차를 몰아 중앙선을 넘어 반대 방향으로 빠져 나왔다.

보란은 백 미러 속에서 멀어져 가는 경찰차를 보며 쿡쿡거리고 웃었다.

그는 일단 아파트로 되돌아가기로 작정했다. 경찰이 시내 곳곳에 진을 치고 있었기 때문에 섣불리 바깥을 돌아다니는 것은 몹시 위험하다고 판단했기 때문이었다. 어쩌면 러션힐을 빠져 나가지 못할지도 모른다는 불안한 생각이 들자 보란은 마음이 무거워졌다.

전투를 함에 있어 가장 중요한 사항은 전진해야 할 때와 후퇴해야 할 때를 잘 판단하는 것이었다. 지금은 후자의 경우에 속했다.

보란은 아파트에서 반 블록 떨어진 곳에 차를 세워 놓고 너무 서둘지 않도록 주의하며 아파트를 향해 걸어갔다. 이번에는 정문으로 들어가 널따란 계단을 거쳐 위층으로 올라갔다. 보란은 그의 방이 있는 삼층에 이를 때까지 아무도 만나지 않았다.

보란이 방문을 열자 진한 커피 냄새가 코를 찔렀다. 보란은 잽싸게 베레타를 꺼내 들고 성큼 안으로 들어섰다.

거실에는 아무도 없었다. 보란은 소리나지 않게 방문을 닫고 낡은 카펫이 깔린 거실을 가로질러 주방으로 갔다. 중국 여자가 버너 위에서 커피 주전자를 내려놓다가 그림자처럼 다가온 보란을 발견하곤 흠칫 놀라는 표정을 지었다. 그러나 그녀는 곧 태연한 얼굴로 되돌아와 침착한 목소리로 입을 열었다.

「커피가 맛있게 끓여졌어요.」

그녀는 처음 입었던 옷 그대로 몸에 꼭 끼는 원피스 차림이었다.

「그건 벌써부터 끓었던 거요.」

보란의 목소리에는 아무 억양도 없었다.

「아까 것은 모두 버렸어요. 이건 다시 끓인 거라구요.」

보란은 여자의 말에 대꾸를 하지 않고 아파트 안을 샅샅이 뒤져 보았다. 다른 사람은 없었다.

보란은 침실 창가로 다가가 밖을 내다보았다. 데마르코 저택으로 향하는 길목에는 경찰차들이 즐비했다.

「조금 전의 그 요란한 총소리는 당신이…….」

메리 칭은 보란 쪽으로 천천히 다가오며 말을 하다가 그가 뒤돌아서자 입을 달았다.

「그렇소. 공짜 구경이니 실컷 해두지 그랬소?」

보란은 시큰둥하게 대꾸하며 베레타를 권총 벨트 속에 집어넣었다.

「난 창문으로 들어왔어요.」

「연습을 한 덕분에 이젠 혼자서도 드나들 수 있게 됐나 보군. 다시 창으로 나간다 해도 난 상관하지 않을 거요.」

보란은 의자에 주저앉으며 말했다.

메리 칭은 잠깐 보란을 내려다보며 서 있다가 창문 쪽이 아닌 주방으로 걸어갔다.

그녀는 커다란 쟁반에 커피 주전자와 컵 두 개를 받쳐들고 되돌아왔다.

「어떻게 드릴까요?」

메리 칭은 조그만 테이블 위에 쟁반을 올려놓으며 물었다.

「진하게 블랙으로. 그러나 마약은 섞지 마시오.」

여자는 웃음을 터뜨렸다.

「당신은 영화를 많이 보신 모양이에요.」

메리 칭은 보란에게 김이 오르는 커피잔을 건넸다.

「천만에. 지난 4년 동안 영화라곤 단 한 편도 보지 못했소.」

보란은 잔을 받아들며 대꾸했다.

「당신이 4년 동안 극장 출입을 못 했다 해서 크게 손해본 건 없을 거예요. 스크린에서 아름다운 얘기가 사라진 지는 이미 오래됐거든요. 요샌 여자가 홀딱 벗고 나오는 종류가 판을 치고 있어요.」

메리 칭은 보란의 맞은편 의자에 앉아 커피잔을 손 안에서 돌리며 말했다.

보란은 웃으며 커피잔을 테이블 위에 내려놓고 담배를 꺼내 물었다. 그는 담배 연기를 한 모금 길게 빨아들였다.

「다시 온 이유나 들어 봅시다.」

「질문이 잘못된 것 같은데요?」

「그럼 올바른 질문은 어떤 거요?」

「내가 왜 말없이 사라졌었느냐를 먼저 물어 보는 게 순서 아닐까요?」

「좋소. 왜 그랬소?」

「우선 담배 하나 빌릴 수 있을까요?」

메리 칭은 검은 머리칼을 한 손으로 쓸어 넘겼다. 보란은 담뱃갑을 여자 쪽으로 밀어 주고 그녀가 담배를 꺼내 물기를 기다렸다가 불을 붙여 주었다.

「난 내가 여기 있어도 좋다는 말을 듣지 못했어요. 그래서 그냥 사라져도 괜찮을 거라고 생각했었죠.」

메리 칭은 보란을 빤히 쳐다보았다.

「내가 얘기하지 않았더라도 당신은 여기 있을 권리가 있었소. 내가 당신을 이곳으로 데려온 이유가 무엇이었다고 생각하오? 당신은 생명에 위협을 받고 있지 않았소? 바깥보다 여기가 더 안전하다는 걸 몰랐단 말이오?」

보란은 담배 연기로 동그라미를 만들었다.

「하지만 나 혼자 살겠다고 밖으로 나간 건 아니었어요.」

「다른 이유가 있었단 얘기요?」

「그래요. 당신을 위해서였어요.」

「도무지 알아들을 수 없는 얘기만 하는군.」

보란은 담뱃불을 비벼 끄고 자리에서 일어섰다.

메리 칭은 침묵을 지키고 앉아 천천히 커피를 마시며 보란의 모습을 지켜보았다.

보란은 재킷을 벗어든 후 안경을 재킷 주머니 속에 넣고 옷걸

이에 걸었다. 그리고는 권총 벨트도 풀어 놓았다. 베레타는 테이
블 위에 올려놓았다.

그는 작업복도 벗어 던졌다. 그 속에 입고 있던 검은 전투복에
서는 피비린내가 물씬 풍겨 나왔다.

「그 모습이 훨씬 더 마음에 드는군요. 당신의 본바탕을 보고
있는 것 같거든요.」

메리 칭은 커피잔을 소리나게 테이블 위에 내려놓으며 말했
다.

「나의 본바탕이라니?」

보란은 다시 의자에 앉으며 한숨을 내쉬었다.

「살인 기계죠.」

메리 칭은 고개를 뒤로 젖히며 냉정하게 대꾸했다.

「좋소. 그 말은 인정하겠소.」

보란은 그녀를 똑바로 바라보았다.

「그리고 또 있어요. 그 차림새는 당신이 모든 남성적인 매력을
한몸에 지니고 있음을 여지없이 드러내 보인다구요. 당신의 온
몸에서는 정력이 샘솟고 있는 것 같아요.」

메리 칭은 눈을 가늘게 뜨고 보일듯 말듯 미소 지었다.

「그 말도 받아들이겠소.」

보란은 가볍게 대꾸했다.

「지금 당장 그걸 증명해 보일 생각인가요?」

중국 여자는 의자 등받이에 깊숙이 몸을 묻으며 요염하게 다
리를 꼬았다.

「지금은 안 되겠는걸?」

보란은 당혹감을 느꼈다. 메리 칭은 웃음을 터뜨렸다.

「왜 안 되죠?」

「난 오늘 아침에 수많은 사람들을 지옥행 열차에 실어 보냈소.」

「그게 마음에 걸리나요?」

「그렇소. 당신 같으면 사람을 죽이고 나서 금방 태연히 그것을 할 수 있겠소?」

보란의 눈동자에 어두운 그늘이 스쳐 갔다.

「누가 어떤 사람을 죽였느냐에 따라 다르겠죠.」

「하지만 그것이 살인이라는 것은 움직일 수 없는 사실이잖소.」

메리 칭은 속눈썹을 깜박이며 보란을 뚫어져라 보았다.

「당신은 참으로 묘한 사람이로군요. 내가 이곳을 떠난 것도, 그리고 다시 돌아온 것도 바로 당신의 그런 점 때문이긴 하지만……..」

「내가 묘한 사람이기 때문에 되돌아왔다구?」

「그렇다니까요.」

「잘됐군.」

「뭐가 잘돼요? 당신은 내게 관심이 없나 보군요? 내게 물어볼 게 전혀 없단 말예요? 어쩜 그렇게 무감각하죠?」

메리 칭은 몸을 앞으로 쑥 내밀며 장난스레 말했다.

「난 쓸데없이 이것저것 묻는 걸 좋아하지 않는 성미요. 하고 싶은 말이 있다면 서슴치 말고 해봐요.」

보란은 아무런 감정도 섞여 있지 않은 말투로 대꾸했다.

「그래야겠군요. 내가 당신에게 아무런 말도 하지 않고 떠났던 건 당신의 보호를 받을 만한 입장이 못 되었기 때문이에요. 그리고 다시 온 건 당신을 지켜야겠다는 생각에서예요.」

메리 칭은 빨갛게 타들어 가는 담배 끝을 내려다보며 조심스럽게 말했다.

「고맙긴 하지만 난 여자의 호위를 받지 않는 사람이오.」

보란은 차갑게 내뱉었다.

메리 칭은 눈을 번쩍 올려 뜨고 보란을 쏘아보았다.

「내가 당장 떠난다 해도 말리지 않겠다는 투로군요.」

「당신이 그걸 원한다면 내가 막을 필요는 없지.」

「그건…… 날 믿는다는 뜻인가요?」

「난 아무도 믿지 않소.」

「당신은 정말 꽤나 까다로운 사람이군요.」

메리 칭은 이맛살을 모으고 신경질적으로 담뱃불을 비벼 껐다.

보란은 갑자기 피로가 몰려오는 것 같았다.

「난 약 30시간 동안을 한숨도 자지 못했소. 게다가 아무 것도 먹지 못한 채 열여섯 시간을 지냈소. 그 동안 두 번씩이나 전투를 치렀단 말이오. 물론 그건 나의 생활의 일부일 뿐 처음 겪는 일은 아니오. 하지만 당신이 한마디 얘기도 없이 이곳을 빠져 나간 뒤부터는 신경이 바짝 곤두서게 되었소. 전투중에는 잠깐 당신 생각을 잊고 있었는데 여기서 당신의 얼굴을 보게 되니 또다시 신경이 날카로워졌소. 이런 나에게 당신이 바라는 게 도대체 뭐요?」

「어머, 당신은 말솜씨도 훌륭하군요! 당신의 또 다른 면을 보는 것 같아요.」

메리 칭은 눈을 크게 뜨고 깔깔거렸다.

「농담하자는 거요?」

「아니에요. 미안해요. 그래, 이제부터 당신은 뭘 하실 생각이에요?」

「아무 것도. 지금은 꼼짝도 할 수 없는 상황이오. 이 부근엔 경찰이 개미 떼처럼 깔려 있소. 그들이 흩어질 때까지 한숨 잘 생각이오.」

「당신이 묘한 사람이라는 생각이 점점 더 짙어지는군요. 이렇게 하면 어때요? 술을 잔뜩 마시고 날 두들겨패도록 하세요. 아니면 개머리판으로 유리창을 때려부수고 악으로 가득 찬 바깥 세상을 향해 총을 쏘아 대든지. 고래고래 소리를 지르는 것도 괜찮겠는데요?」

메리 칭은 손뼉을 치며 웃어 댔다.

보란도 웃음을 터뜨렸다.

「영화를 많이 본 쪽은 내가 아니라 당신이군. 난 그렇게 난폭한 행동을 할 생각은 전혀 없소. 오직 푹신한 침대에 눕고 싶을 뿐이오.」

보란은 다소 가벼운 마음으로 대꾸했다.

「잠을 못 잔 건 나도 마찬가지예요.」

메리 칭은 웃음을 거두었다.

「그럼 당신도 자두는 게 좋겠군.」

「당신 혹시…… 침대 위에서만 난폭한 행동을 즐기는 건 아닌가요?」

「글쎄? 그건 뭐라고 대답할 수 없는 걸?」

「그럼 중국식 목욕은 해보았나요?」

메리 칭은 의자에서 일어나 원피스의 지퍼를 천천히 내렸다.

「한 번도 못해 봤소.」

보란은 원피스 속을 빠져 나오는 매끄러운 다리를 바라보았
다.

「그러면 내가 시범을 보여 드리죠.」

「그것 좋은 생각이군.」

보란은 순순히 동의했다.

「정말 난생 처음이에요.」

중국 여자는 허리에서 엉덩이로 미끄러지는 곡선을 쓸어 내리
며 말했다.

「뭐가?」

「이런 달콤한 유혹에 부딪혀본 적이 이제까진 한 번도 없었거
든요.」

「누가 누구를 유혹한다는 거요?」

보란은 킬킬거리며 몸을 일으켰다.

「중요한 건 그게 아니잖아요?」

메리 칭은 보란의 손을 잡아 자신의 허리에 감았다.

# 12
## 브러시 파이어 강력반

제임스 매치슨 서장은 쓸개를 씹은 듯한 표정을 짓고 뒷짐을 진 채 창 밖을 내다보고 있었다.

그의 등 뒤에는 강력반 소속의 경사들이 반원을 그리며 서 있었다. 그들 사이로 빌 필립스의 모습도 보였다.

필립스 경사가 강력반에서 하고 있는 일은 범인을 추적하여 체포하는 것이었다. 그런데 그는 자신의 임무를 해내지 못하고, 범인을 눈앞에서 놓쳐 버린 일생 일대의 실수를 저지르고 말았다. 그것도 다름아닌 맥 보란을……

그는 그 일을 서장에게 보고하지 않을 수 없었다. 그러나 보고를 하기까지 빌 필립스는 단단히 각오를 다져야만 했다. 한번 서장의 눈 밖에 벗어난 사람은 평생 출세에 지장이 있었다.

빌 필립스야말로 지금 모래를 한줌 삼킨 기분이었다. 백인의 세계에 뛰어든 흑인의 존재란 가련하기 그지없는 것이었다. 흑인이면서 무능하다는 것은 더할 수 없는 치욕이었다.

데마르코 저택의 정원에서 벌어진 지옥 같은 광경을 내려다보고 있는 매치슨 서장의 눈이 가늘게 좁혀졌다. 그는 한 손을 바지 주머니에 찔러 넣은 채 다른 한 손으로 계속 창문을 두드려 대고 있었다.

그가 창문을 두드릴 때마다 그의 몸속에 억눌려 있던 분노가 조금씩 빠져 나와 방 안의 공기를 무겁게 짓누르는 것 같았다.

그의 뒤쪽에 서 있는 사내들은 언제 서장의 불호령이 떨어질지 몰라 조마조마한 마음이었다.

그들은 서로 눈길을 교환하며 서장이 입을 열 때까지 묵묵히 기다리고 있었다.

강력반에 편입된 경찰관은 한결같이 거친 사내들이었다. 주어지는 임무가 거칠고 위험한 것이었기 때문에 신경이 굵지 않으면 제대로 일을 해낼 수가 없었다. 그들은 고르고 고른 끝에 최종적으로 선택된 사람들이었고, 기대에 어긋나지 않게 능력을 발휘해야 할 의무가 있었다.

매치슨 서장은 길게 한숨을 내쉬었다.

「도저히 믿을 수 없는 일이야!」

매치슨 서장은 시간이 멎어 버린 듯한 불편한 침묵의 순간을 깨뜨리며 신음처럼 내뱉었다.

「서장님, 저…….」

필립스 경사가 조심스레 입을 열었다.

「닥쳐! 자네가 저지른 멍청이 같은 실수를 일깨워 주려는 건가? 난 지금 사망자들의 수를 헤아리고 있어. 내가 지금까지 몇 명이나 헤아린 줄 아나?」

　매치슨 서장은 분노를 가라앉히려 애쓰며 낮게 으르렁거렸다. 그의 눈 아래에서는 사내들이 바삐 움직이며 정원 한쪽에 시체들을 옮겨다 놓고 있었다.

　「글쎄요…….」

　필립스는 침통하게 대답했다.

　「이제까지 갖다 놓은 시체만 해도 열일곱이야. 수색 작업이 계속되고 있으니 앞으로 얼마나 더 불어날지 모른다구.」

　매치슨은 여전히 창문을 두드리며 아래를 내려다보고 있었다. 그의 목소리에서는 짜증과 분노와 거부감이 물씬 풍겨 나오고 있었다.

　필립스 경사는 주머니를 더듬어 담배를 찾았다. 그러나 그는 담뱃갑을 꺼내려다 생각을 고쳤다. 담배를 피운다 해서 그의 실수가 묵인될 리가 없었기 때문이었다.

　「필립스 경사.」

　매치슨이 조용히 그를 불렀다.

　「네, 서장님.」

　「다시 한 번 말해봐. 자네가 보고 느낀 대로.」

　「보란, 아니 문제의 용의자와 맞닥뜨렸을 때 전 38구경 리볼버를 사용했습니다. 그러나 그 용의자는 두 종류의 무기를 갖고 있었습니다. 하나는 소음 장치가 된 검은색 베레타였는데 9구경 같았습니다.

　「다른 하나는?」

　「글쎄요. 저로선 처음 보는 종류였습니다. 길이가 1피트 정도 되는 스테인리스 제품이었습니다. 놈이 탄창을 갈아 끼우는 것도 보았는데 그런 종류는 정말 처음이었습니다.」

「손으로 갈아 끼우더라는 말이지?」

「네. 제 생각에는 놈이 직접 그걸 만든 것 같습니다.」

「좋아. 보고서를 작성하도록 해.」

매치슨 서장은 천천히 몸을 돌려 부하들을 마주 보고 섰다.

뒷짐을 지고 섰던 사내들은 차렷자세를 취했다. 서장은 빌 필립스 경사를 똑바로 노려보았다.

「필립스 경사, 아니 빌. 이번 한 번만 자네를 봐주도록 하겠네.」

매치슨 서장은 딱딱한 음성으로 말했다.

「고맙습니다. 서장님. 정말 고맙습니다!」

빌 필립스 경사는 진심으로 소리쳤다.

「한 가지 자네가 명심해 두어야 할 일이 있네. 자네의 월남 전우 말이야. 우린 놈이 필요해. 꼭 잡아들여야 한다구.」

「알고 있습니다.」

필립스 경사의 이마에 식은땀이 배어 나왔다.

「난 소문 같은 건 질색이야. 경찰이 놈의 뒤를 봐주고 있다는 얘기가 퍼지는 건 원치 않는단 말이야. 그건 근거없는 얘기야. 그러니 자네도 몸조심하고 그 녀석과 섣불리 접선하지 않는 게 좋아.」

「서장님, 제가 보란을 만났던 건 순전히 우연이었습니다. 전 그 싸움에 끼여들 생각이 전혀 없었으니까요. 다만 정세를 살펴보려 한 것뿐이었습니다.」

「아무튼 그 얘기가 신문 기자들 귀에 들어가게 해선 안 돼! 단한 마디도 새어 나가지 않게 하라구.」

매치슨 서장은 목에 핏대를 올리며 쏘아붙였다.

「네, 알겠습니다.」

빌 필립스 경사는 몹시 비참한 심정으로 대답했다.

「누구든 그 사실을 안다면 우리 경찰은 웃음거리가 되어 버리고 말아!」

매치슨 서장은 혼잣말을 하듯 중얼거렸다.

「하지만 저의 목숨을 구한 사람은 보란이었습니다.」

필립스 경사가 힘없이 말했다.

「바로 그 점이 문제란 말이야. 생각해 보게. 우린 강력반이야. 샌프란시스코에 넘쳐 흐르는 사건들을 다루기 위해 가리고 가려서 뽑은 솜씨꾼들이야. 강도 높은 훈련을 받고 봉급 수준도 제일 높아. 그런 우리들이 물샐틈없는 경계망을 펼치고 있었는데도 놈은 아무런 제약도 받지 않고 마음대로 설치고 다녔단 말이야. 그리고 저 아래를 보라구. 놈은 아무 혐의도 없는 선량한 샌프란시스코 시민을 적어도 열일곱 명 이상 죽게 했어. 그러면서도 경찰의 목숨을 구해 주는 여유를 보였다구. 이런 얘기들은 삽시간에 퍼지게 마련이야. 그럼 또 하나의 신화가 생겨나겠지. 난 그런 말들이 떠돌기 전에 뿌리째 싹 없애 버리고 싶을 따름이야.」

매치슨 서장은 거칠게 콧김을 내뿜으며 씩씩거렸다.

「서장님 원하시는 대로 될 겁니다.」

필립스 경사는 마치 자신에게 다짐하는 투로 조용히 말했다.

다시 묵직한 침묵이 자리잡았다. 필립스 경사 곁에 서 있던 한 사내가 헛기침을 했다.

「담배 피워도 될까요, 서장님?」

「아, 그래. 모두들 편히 쉬게. 그러나 휴식 시간은 앞으로 10분을 넘지 못할 거야. 그리고 이번 사건이 마무리될 때까지 다시는 휴식 시간이 없을지도 몰라.」

매치슨 서장의 표정은 굳어 있었으나 목소리는 한결 부드러웠다.

강력반원들은 제각기 의자를 끌어다 앉았다. 데마르코의 침실엔 아직도 핏자국이 선명했다. 빌 필립스는 몹시 피곤한 얼굴로 소파 한쪽 귀퉁이를 차지하고 앉아 동료가 건네 주는 담배를 받아들었다.

매치슨 서장은 방 안을 오락가락하며 맥 보란을 사로잡기 위한 계획을 얘기했다.

제임스 매치슨 서장의 말에 귀를 기울이고 있던 필립스는 몰래 한숨을 내쉬었다. 서장의 계획이 예상 밖으로 치밀하고 주의 깊은 것이었기 때문이다. 아무리 보란이라 할지라도 매치슨 서장이 쳐놓은 그물을 피해 가지는 못할 것 같았다.

필립스 경사는 그 도시 어디에선가 아무 것도 모른 채 숨어 있을 보란이 정의라는 그럴 듯한 이름 아래 체포당하거나 여느 불량배와 마찬가지로 거리에서 사살당하는 장면을 떠올리며 가슴이 찢어지는 듯한 슬픔을 느꼈다.

맥 보란이 전투를 하고 있는 가장 큰 이유도 바로 그 정의 때문이 아닌가! 보란 같은 존재가 단 한 명도 없다면 이 세상은 더욱 혼란스럽고 살기 어려운 곳으로 변해 버리지 않을까?

그러나 빌 필립스는 경찰관이었다. 그것도 샌프란시스코에서 내로라 하는 강력반원이었다. 지금처럼 그는 자신이 경찰이라는 사실이 원망스러웠던 적은 없었다.

월남, 그 열대의 밀림 속에서는 전우가 되어 목숨을 걸고 싸웠던 진짜 사나이가 지금은 전국적인 수사선상에 올라 쫓기는 범죄자라니!

빌 필립스 경사는 무릎 위에 팔굽을 괴고 손가락 사이에서 타들어 가는 담배를 지켜보며 생각에 잠겼다.

어찌됐건 지난날을 돌이킬 순 없다. 그는 경찰관이었다. 그에게는 범죄자를 잡아야 할 책임과 의무가 있었다. 그것은 냉엄한 현실이었다. 그리고 필립스 경사는 현실을 외면할 수 없음을 잘 알고 있었고, 외면할 생각도 없었다.

# 13
## 작전 변경

　유니온 스퀘어에 있는 호화 호텔에서는 또 하나의 부대가 출전 명령을 받고 있었다. 그 호텔의 맨 꼭대기층은 총잡이 중의 총잡이인 프랑코 로렌티스를 위해 특별히 꾸며진 곳이었다. 〈미치광이〉 로렌티스로 이름을 날리고 있는 그는 그림 같은 샌프란시스코의 경치를 굽어볼 수 있는 그 꼭대기층에서 자신의 야망을 키우고 있었다.

　그곳엔 호화롭기 그지없는 다섯 개의 방이 있었다. 싱싱, 레븐워즈, 풀솜 등의 형무소를 두루 거쳐온 화려한 경력의 〈미치광이〉 로렌티스는 그 방들 중 어느 곳에서나 화려한 샌프란시스코를 한눈에 내려다볼 수 있었고 지배욕과 권력에 대한 시커먼 마음을 키울 수가 있었다.

　「인생이란 멋지게 살아야 한다구. 먹는 것도 자는 것도, 싸우는 것도 다 멋지게 해야 해. 죽을 때도 물론 멋지게 죽어야지. 내

가 이 멋진 곳에서 사는 것은 인생을 보다 아름답게 보내기 위해
서야. 난 내 수중에 한푼도 남아 있지 않을때까지 이곳에서 지낼
거야. 멋을 아는 자만이 멋지게 살 자격이 있거든!」

로렌티스는 이렇게 입버릇처럼 숭얼거리곤 했다.

그는 언젠가 샌프란시스코에서 제일가는 보스가 되리라 꿈꾸
고 있었다. 지금 그의 눈 아래 펼쳐져 있는 도시가 자신의 손아
귀에 들어올 날이 반드시 올 것이다. 그때는 이 호화로운 방에서
제왕으로 군림하리라고 로렌티스는 다짐하고 있었다.

빈센초 시프리오나 토머스 베리치는 그들대로 보스가 될 야심
을 갖고 있었다. 하지만 로렌티스는 조금도 염려하지 않았다. 그
들이 갖고 있는 생각은 꿈 그 자체로 끝나고 말 것이기 때문이었
다. 로렌티스는 그렇게 만들 자신이 있었다. 데마르코 영감이라
할지라도 샌프란시스코를 차지하고야 말겠다는 자신의 결심을
깨뜨리지는 못한다! 라고 그는 생각했다.

프랑코 로렌티스는 어떤 식으로 그 일을 해내야 하는지를 잘
알고 있었다. 죽음, 그것만 있으면 모든 일이 해결될 것이다. 데
마르코가 아무리 침범할 수 없는 영역 속에 있다 해도 그는 72세
나 된 늙은이였다. 카포라고 죽음이 비켜갈 리는 없지 않은가!

로렌티스의 생각으로는 죽음이란 참으로 흉칙하고 멋대가리
라곤 없는 놈이었다. 그러나 재미있는 것은 일주일 동안 호화로
운 생활을 유지하는 데 드는 비용을 현상금으로 내걸기만 한다
면 어떠한 생명도 마음대로 처치할 수 있었다.

하지만 프랑코 로렌티스는 그런 직접적인 방법을 사용해 카포
를 공격한다면 목적을 달성하기도 전에 먼저 자신부터 죽음을
당하게 될 것이란 사실을 잘 알고 있었다. 왜냐하면 로먼 데마르

코가 비록 죽음과 어깨를 나란히 하고 살아가는 노인이고 평생 동안 어느 누구에게도 호감을 가지게 한 적이 없는 형편없는 인간성의 소유자이긴 했지만 어쨌든 그는 현재 샌프란시스코를 다스리고 있는 카포였기 때문이었다.

그렇기 때문에 서부 지역 가문에서 반란이 일어난다면 동부 지역 가문들이 가만 있을 리가 없었다. 만일 다른 가문들이 그걸 지켜보고만 있다면 언제 그 자신들이 보스 자리에서 밀려날지 모르는 노릇이 아닌가?

그래서 프랑코 로렌티스는 좀더 차원 높은 방법을 쓰기로 했다. 그것은 시기가 무르익을 때까지 기다리는 것이었다. 데마르코 영감은 영원히 살 것처럼 까불고 있지만 결코 그의 소원대로 될 수가 없는 게 사람의 운명이었다. 로렌티스는 가만히 기다리고만 있으면 일은 자기에게 유리한 쪽으로 점점 기울어질 것으로 확신했다.

사실을 얘기한다면 로먼 데마르코의 후계자 서열은 정해져 있었다. 그리고 로렌티스는 그 서열의 맨 끝자리도 차지하지 못하는 존재였다. 그 서열의 1순위는 항만 지구의 보스인 토머스 베리치였고 그 다음은 빈센초 시프리오였다.

만일 데마르코 영감이 죽고 난 다음 정상적인 순서대로 토머스 베리치가 카포가 된다면 그는 제일 먼저 데마르코의 오른팔인 로렌티스를 밀어내고 그의 심복들로 그 자리를 채우는 일부터 착수할 것이 틀림없었다.

하지만 그렇게 당할 수는 없었다. 천하에 둘도 없는 로렌티스가 〈브로커〉 베리치의 명령을 받는다는 것은 생각만 해도 구역질이 치미는 노릇이었다.

제2순위인 빈센초 시프리오도 카포가 되고 싶어 안달을 하고 있었다. 하지만 시프리오는 베리치에 비한다면 애송이에 불과했다. 그는 우두머리가 될 만한 관록을 아직 갖추지 못했다.

〈미치광이〉 로렌티스는 한편으로 토머스 베리치를 은근히 두려워하고 있었다. 그는 시프리오와는 격이 다른 어떤 분위기를 지닌 사내였다. 그러나 그것이 베리치를 공격하지 못할 이유는 될 수 없었다.

프랑코 로렌티스는 샌프란시스코의 총잡이들을 휘어잡고 있는 사내였다. 그 누구도 그런 사실을 잊어서는 안될 것이다. 특히 시프리오나 베리치는……. 로렌티스가 그들을 없애고 싶은 마음이 생긴다면 당장에라도 그 생각을 실천에 옮길 수 있었다. 하지만 로렌티스가 실천력을 가지고 과감하게 행동한다면 큰 싸움이 벌어지게 되고, 그것은 암흑가 전체에 엄청난 파문을 던지게 된다. 로렌티스는 그런 내막을 잘 알고 있었기 때문에 될 수 있으면 직접적인 충돌을 피하면서 보다 더 멋지게 일을 처리하고 싶었다. 그래서 로렌티스는 협상 작전을 펼치려던 참이었다.

그러던 중 맥 보란이 샌프란시스코에 나타났다. 그것은 그에겐 하나님이 주신 선물이나 다를 바 없었다. 그놈이 낮도깨비처럼 설치고 다니는 걸 잘만 이용한다면 〈미치광이〉 로렌티스가 이 도시를 손아귀에 움켜잡기는 더욱 용이할 것이기 때문이었다.

지금 조직은 무척 과민한 반응을 보이며 흥분하고 있었다. 만일 그놈이 전투원들 몇 명을 해치운 정도로 그쳤다면 조직이 그처럼 신경을 곤두세우지는 않을 것이다. 조직의 밑바닥에 있는 졸개들은 아무 것도 요구할 입장이 못 되었다. 그놈들의 목숨은

싼 가격으로 거래될 수 있었다. 그러나 보스급들이 일을 당하게 될 경우에 조직이 나타내는 반응은 대단히 민감한 것이었다.

로렌티스의 직감으로는 보란이 노리는 사람은 로먼 데마르코 영감이었다. 그것은 누구나 쉽게 짐작할 수 있는 일이었다. 그러나 로렌티스는 보란의 앞길을 가로막을 생각이 눈곱만큼도 없었다. 자신이 해야 할 일을 놈이 대신해 주는데 무엇 때문에 잿밥을 뿌린단 말인가? 어림없는 소리였다.

만일 꼭 로렌티스가 나서야 한다면 그것은 보란이 데마르코 영감을 없앤 다음일 것이다.

영감이 사라지고 나면 영감을 해치운 보란놈을 잡는 사람이 영웅으로 떠받들어질 것은 당연한 일이었다. 그리고 놈을 잡는 사람은 바로 프랑코 로렌티스가 될 것이다.

영감의 자리를 차지하기 위해선 시프리오나 베리치와 한 번은 맞부딪쳐야 할 운명이었다. 하지만 그때쯤 되면 로렌티스의 주가(株價)는 하늘 높은 줄 모르고 치솟아 있을 것이고, 보란을 때려잡은 로렌티스에게 큰소리 칠 수 있는 사람은 아무도 없을 것이란 확신이 들었다.

프랑코 로렌티스는 아침 햇살이 퍼져 나가는 샌프란시스코를 굽어보며 자신의 환상에 취해 흐뭇한 미소를 지었다. 그가 그 화려하게 치장된 호텔 맨 위층에서 한껏 겉멋을 부리고 있을때 요란한 전화벨이 울렸다.

「여보세요.」

로렌티스는 값비싼 양복의 깃을 손가락으로 죽 훑으며 점잖게 말했다. 그러나 전화기 속에서 거친 욕설이 튀어나오자 그의 표정은 험하게 일그러졌다.

「도대체 넌 뭣하는 놈이야? 그놈의 호텔 꼭대기에 엎드려 있으면 일이 저절로 해결된다든? 내가 네게 맡긴 일거리는 어디다 팽개쳐 두고 그곳에서 배짱 편하게 지내는 거냔 말이야!」

로먼 데마르코의 목소리였다. 하지만 아무리 데마르코가 이 도시의 카포라 할지라도 로렌티스에게 그런 심한 모욕을 줄 수는 없었다. 로렌티스는 직감적으로 일이 잘못되어 가고 있음을 깨달았다.

「무슨 말씀이신지……」

로렌티스는 등골에 식은땀이 돋는 걸 느끼며 떨리는 목소리로 말했다.

「그 망할놈의 보란 녀석 말이야!」

노인의 목소리가 전화기 안에서 쨍쨍 울렸다.

「그런데요?」

「멍청하긴! 그놈이 이곳까지 쳐들어왔었다구. 그놈은 우리 애들을 30명도 넘게 죽였어. 나도 하마터면 저승 구경을 할 뻔했다구. 그런데 왜 네놈은 그곳에서 안전하게 있느냔 말이야? 빨리 앞장서서 놈을 때려잡아야 할 것 아냐?」

노인은 제 분에 못 이겨 숨을 헐떡거렸다.

로렌티스는 데마르코의 한마디 한마디가 귀에 거슬렸지만 지금은 그 일을 따질 때가 아니라고 생각했다. 그는 조심스레 말했다.

「그럴 리가……. 그놈은 어떻게 됐습니까?」

「피 한 방울 흘리지 않고 사라졌어. 그뿐인 줄 알아? 훈장까지 남기고 갔어. 우물거리지 말고 빨리 움직여!」

「하지만 전 손을 쓸 만큼 써놓고 있습니다.」

「해질 때까지 놈을 잡아내.」

「꼭 그렇게 될 겁니다.」

로렌티스가 시큰둥하게 대꾸했다.

「그 말에 책임을 져야 해, 프랑코. 왜 그렇게 해야 하는지 이유를 말해 줄까? 난 내 유언장에 네 이름을 써넣었어. 그게 무슨 뜻인지 알고 있겠지? 넌 나와 운명을 같이해야만 한다구.」

「아니, 그럼……!」

로렌티스는 온몸에 소름이 쭉 끼쳤다. 얼음물을 뒤집어쓴 느낌이었다.

「그래. 네 이름을 적어 넣은 유언장을 다섯 장씩이나 만들었어. 프랑코, 만일 내가 보란에게 죽음을 당하게 되면 너도 내 뒤를 따르게 돼 있어. 명심해야 할 걸.」

데마르코는 음산한 웃음까지 흘리며 로렌티스를 완전히 얼어붙게 만들었다.

「전……. 저에게도 그런 문제에 대해 한 말씀 올릴 권리가 있습…….」

「너에겐 아무런 권리도 없어, 프랑코. 난 네게 일거리를 주고 그에 알맞는 대가를 지불하고 있어. 넌 임무를 완수해야 할 책임만 갖고 있을 뿐이야.」

데마르코는 더 이상 할 얘기가 없다는 듯 거칠게 전화기를 내려놓았다.

프랑코 로렌티스는 먹통이 된 전화기를 들고 한동안 멍청히 서 있다가 고개를 세차게 내저었다.

로렌티스로서는 전혀 생각지도 못했던 일이 벌어지고 말았다. 그 교활하기가 여우 같은 영감은 아직도 목숨을 다하지 않은 것 같았다. 그는 오히려 로렌티스를 옭아매려 하고 있었다.

이제 로렌티스는 멋있는 인생에 대해 생각하고 있을 수만은 없게 되었다. 사태가 그가 상상하고 있던 것과는 전혀 다른 방향으로 전개되었기 때문이었다. 그에게 다른 선택이란 있을 수 없었다. 오직 보란을 잡는 것만이 자신이 살아 남을 수 있는 유일한 길이었다.

만일 데마르코가 말한 그 다섯 장의 유언장을 손에 넣을 수만 있다면……? 그러나 그것은 부질없는 욕심이었다. 영감이 보란의 손에 목숨을 잃는다면 그 유언장을 가지고 있는 놈들은 이 세상 끝까지라도 로렌티스를 쫓아다니며 목숨을 노릴 것이니까.

「빌어먹을!」

프랑코 로렌티스는 큰 소리로 투덜거리며 참모들을 불러모으기 위해 다시 전화기를 집어들었다.

그는 작전을 180도로 변경시켜야겠다고 생각했다. 보란이 영감을 죽이기 전에 놈을 없애야 했다. 그렇게 하지 않았다간 총잡이 중의 총잡이 프랑코 로렌티스 자신이 아무런 멋도 없는 싸늘한 시체로 변해 버릴지도 모르기 때문이었다.

# *14*
## 짧은 휴식

　보란은 한쪽 손을 권총 벨트에 얹은 채 침대에 누워 있었다. 그의 다른 쪽 팔을 베고 누운 메리 칭은 기다란 손가락으로 보란의 가슴을 부드럽게 애무했다.

　「장난이 심하군.」

　보란은 눈을 감은 채 중얼거렸다.

　「잠이 든 줄 알았는데…….」

　여자는 꿈꾸는 듯한 목소리로 대꾸하며 한쪽 다리로 보란의 다리를 휘어감았다.

　「자고 있었소.」

　「그런데 내가 손가락을 대자마자 깨어나다니, 몸에 경보 장치라도 달아 놓았나요?」

　메리 칭은 보란의 귀에 입술을 바짝 들이대고 속삭였다. 그녀의 머리가 보란의 팔을 떠나 가슴 위로 올라왔다.

「글쎄?」

보란은 비단결처럼 감겨 드는 여자의 나긋나긋한 육신에 온몸을 내맡긴 채 꼼짝도 않고 누워 있었다.

「당신은 잠잘 때에도 언제나 긴장을 취고 있나요?」

「살기가 귀찮다는 생각이 들 때까진 그럴 거요.」

「전 이해를 못 하겠어요.」

메리 칭은 한숨을 내쉬었다. 보란은 가슴으로 그녀의 젖가슴의 돌기가 단단해지는 걸 느끼며 무겁게 입을 열었다.

「그래도 할 수 없는 일이오.」

「당신은 날 믿지 않죠?」

「그렇소.」

「우리가 사랑을 나눴는데도요?」

「그런 뒤에는 더욱 안 믿지.」

보란은 희미한 미소를 보였다.

「그럴 수도 있는 거예요?」

메리 칭은 퉁기듯 몸을 일으켰다. 침대의 스프링이 삐걱거렸다.

「그게 내 생활 방식이오.」

보란은 눈을 반쯤 뜨고 중국 여자를 올려다보았다. 메리 칭은 미끄러지듯이 보란의 몸을 떠나 침대 위에 책상다리를 하고 앉았다.

그녀는 가라앉은 목소리로 중얼거렸다.

「당신 말대로 난 묘한 사람임에 틀림없나 보오.」

「묘하면서도 아주 멋있어요. 그 두 가지를 동시에 느낄 수 있으리라곤 생각지도 못했어요.」

메리 칭은 눈을 가느스름하게 뜨고 엷은 미소를 지었다.

「고맙군.」

보란은 옆으로 돌아누워 여자의 알몸을 눈으로 훑었다.

「완전히 잠이 깬 거예요? 이젠 뭘하죠?」

「난 이대로 있는 게 좋은데?」

「내 말은 우리 사이에 불신을 씻어 보자는 뜻이에요.」

그녀는 살짝 이맛살을 찌푸렸다.

「잘될까?」

「날 믿고 싶지 않은가 보군요.」

「천만에. 믿고 싶소.」

「그럼 내 말을 들어줘요. 다니엘 워 판과 프랑코 로렌티스가 손을 잡았어요.」

「계속해 보시오.」

보란은 메리 칭의 얼굴을 잠시 쳐다보더니 무뚝뚝하게 말했다.

「당신은 그 사실을 알고 있었나요? 별로 놀라는 얼굴이 아니군요.」

「짐작은 하고 있었소.」

「그럼 짐작이 현실화되었다고 생각하면 되겠군요. 그들은 서로의 편의를 위해 결탁한 것 같아요.」

「그 늙은 경찰은 어떻게 된 거요?」

「버니 깁슨 경감 말이에요? 그 일도 내가 얘기해야 하나요?」

「내키지 않으면 하지 않아도 좋소.」

메리 칭은 가볍게 한숨을 내쉬었다.

「알았어요. 얘기하는 게 신상에 이로울 것 같군요. 사실 난 버니 깁슨 경감에게 고용되어 있어요.」

「그것도 이미 짐작했었소. 또 다른 사람에게 고용되었던  적은 없었소?」

보란은 아무런 억양도 없는 목소리로 말했다.

「누구든 정당한 대가만 지불한다면 일해줄 수 있어요.」

메리 칭은 보란의 눈길을 외면했다.

「얼마나 지불하면 되오?」

「일에 따라 달라요.」

그녀는 팔로 자신의 어깨를 감싸안았다.

「당신이 하는 일은 어떤 것이오?」

「정보 수집이에요.」

「그럼 당신은 여류 탐정이란 말이오?」

「꼭 그런 건 아니에요. 면허증도 없는 걸요. 하지만 난 법학사이고 한때는 FBI의 후버 국장 밑에서 일한 적도 있어요.」

그녀는 팔을 풀고 가슴을 쭉 펴며 말했다.

보란은 코웃음을 쳤다.

「당신은 후버를 싫어하나 보군요.」

메리 칭이 다시 말했다.

「내가 못마땅하게 생각하는 건 그의 여자 부하들이오. 난 그 여성 해방 운동가들이 연방 수사국을 언제 거덜낼지 의심스럽다니까.」

「그만하세요. 난 그곳에서 잠깐 일했을 뿐이에요. 지난 2년 동안 난 자유로이 일해 왔어요.」

「면허도 없이?」

「그래요. 면허 따위는 오히려 귀찮다구요. 난 탐정이라기보다는 첩자라고 하는 편이 더 어울려요.」

「알겠소. 그런데 버니 깁슨은 무슨 돈으로 당신을 고용하고 있소?」

「그런 건 잘 몰라요. 그것에 대한 규정이 따로 마련되어 있는 것도 아니고.」

메리 칭은 이마 위로 흘러내린 머리칼을 쓸어 넘기며 얘기를 계속했다.

「그리고 난 다니엘 워 판에게 고용되어 있기도 해요. 그는 차이나 가든을 감시하라고 했어요.」

「무슨 이유로?」

「확실한 건 모르겠어요. 난 그저 그곳을 지켜보았고 내가 보고 들은 것을 보고서로 만들어 워 판에게 보냈을 따름이에요.」

「그 늙은이가 알아내려 했던 것이 골동품 위조와 관련된 일 아니오?」

「나도 그렇게 짐작하고 있어요.」

메리 칭은 갑자기 덮치듯 보란에게 달려들어 굶주린 짐승처럼 그의 입술을 빨아들였다. 보란은 취할 듯한 열기를 뿜어 내는 여자를 떼어내며 말했다.

「너무 열을 올리지 마시오. 무엇이든 지나치면 건강에 해로우니까.」

「당신은 아직도 날 믿지 않죠?」

메리 칭은 숨을 헐떡이며 중얼거렸다.

「이봐요, 아가씨. 믿고 안 믿고에 크게 신경 쓸 필요는 없소. 당신은 아름답고 난 당신을 좋아하오. 지금으로선 그 밖에 더 바랄 게 뭐가 있겠소?」

보란은 메리 칭의 어깨를 쓰다듬으며 미소 지었다.

「하지만 난 그걸로 만족할 수 없어요.」

중국 여자는 보란 곁에 비스듬히 드러누워 진지한 얼굴로 말했다.

「그럼?」

「당신은 육감을 믿는 사람이죠? 내가 당신 편이라는 건 느낄 수 없나요?」

「글쎄? 나에게 털어놓을 얘기라도 있소? 그렇다면 마음놓고 해보시오.」

보란은 여자의 검은 눈동자를 들여다보며 슬쩍 넘겨짚었다. 메리 칭은 한숨을 내쉬었다.

「난 오래 전부터 다니엘 워 판이 마피아와 어떤 관계가 있다는 걸 눈치 챘어요. 한번은 이런 일도 있었어요. 프랑코 로렌티스가 나에게 올가미를 씌우려 들길래 그런 짓은 그만두는 게 좋을 거라고 쏘아 주었죠. 그랬더니 로렌티스는 내게 워 판이라는 이름을 들먹거리더군요. 그래서 난 바로 다음날 그 얘기를 워 판에게 했어요.」

「워 판이 보인 반응은?」

「몹시 화를 내더군요. 그는 부하들에게 버럭버럭 소리를 치며 중국말로 무엇인지 지시를 내렸어요.」

「당신은 중국말을 모르오?」

「당신은 폴란드말을 아나요?」

메리 칭은 가지런한 이를 드러내며 미소 지었다.

「모르오. 그런데 내가 폴란드 계라는 걸 어떻게 알았소?」

보란도 미소를 머금었다.

「난 당신에 관해 아는 게 많다구요.」

그녀는 보란의 가슴털을 만지작거렸다.

「아까 그 얘길 계속해 보시오.」

「그러죠. 며칠 뒤에 프랑코 로렌티스를 다시 만나게 되었어요.」

「우연히 만난 거요?」

「아니에요. 그가 날 찾아와 지난번의 일을 사과했어요. 하지만 그가 사과를 한 이유를 내가 모를 리 없다구요. 그는 그때 이미 워 판과 관계를 맺고 있었고 그 사실을 내게 숨기고 싶었던 거예요.」

「알 만하군.」

보란은 생각에 잠긴 눈길로 혼잣말처럼 중얼거렸다.

「어제 저녁에 차이나 가든에서 당신을 만났을 때 난 당신도 〈미치광이〉 로렌티스와 같은 패거리일 거라고 생각했어요.」

그녀는 겸연쩍은 듯 살짝 얼굴을 붉혔다.

「이해하겠소.」

「당신은 미국에서 가장 유명한 사람이라 해도 크게 틀린 말이 아닐 거예요. 그러나 난 당신도 여느 범법자와 마찬가지로 사람들의 허풍과 과장에 의해 만들어진 영웅이라 여겼지요. 매스컴에서조차 당신을 영웅시하고 있으니까요. 그래서 난 당신을 별 능력도 없으면서 사방에 귀찮은 일만 벌이고 다니는 모험가 내지 건달 정도로 생각했었다구요.」

「그렇게 생각하는 것도 무리는 아니었을 거요.」

보란은 아무렇지도 않은 듯 대꾸했다.

「하지만 보란, 내 말을 더 들어 보세요. 내가 당신을 만나기

이전에 갖고 있던 편견은 이제 깨끗이 씻어 버렸어요. 난 당신이
어떻게 행동하는지 똑똑히 봤으니까요. 당신은 상상을 넘어설
정도로 용의 주도하고 빈틈없는 양반이에요. 언제나 상대방보다
한 걸음 앞서 생각하고 행동하는 데에는 정말 늘렸어요. 당신이
비록 사람을 죽이긴 했지만 난 점점 당신을 좋아하게 됐어요.」

그녀는 살며시 눈을 내리뜨며 그의 한 손을 끌어다 입을 맞추
었다.

「내 팬이 또 한 사람 생겼군.」

보란은 낄낄거리며 대꾸했다.

「농담이 아니에요. 당신이 내 아파트에서 로렌티스의 졸개들
을 먼저 죽이지 않았었다면 당신은 꼼짝없이 그놈 앞으로 끌려
갔을 거예요. 생각만 해도 끔찍한 일이에요.」

「그놈들은 내가 그곳에 있으리란 생각을 꿈에도 하지 못했을
거요. 그냥 로렌티스의 명령에 따라 당신을 감시하고 있었던 것
같소.」

「왜 로렌티스가 날……?」

「무슨 이유에선지 몰라도 놈은 초조해지기 시작했던 거요. 아
마 당신 뒤를 쫓게 한 것도 그 때문이겠지. 그건 그렇고 당신이
이곳을 떠난 이유를 듣고 싶은데 납득할 만한 대답을 해줄 수 있
겠소?」

보란은 그녀의 기다란 머리칼을 손가락에 감으며 말했다.

「양심에 관한 문제예요. 난 신디와 판다 때문에 당신이 봉변을
당할까 봐 두려웠어요. 그애들은…… 간접적이긴 하지만 워 판
을 위해 일하거든요.」

메리 칭은 길게 한숨을 내쉬었다.

「그래서?」

보란이 얘기를 재촉했다.

「워 판과 로렌티스가 손을 잡고 있다는 건 이미 말씀 드렸죠? 그들이 하고 있는 몇 가지 사업은 서로 뗄 수 없는 연관을 가지고 있어요. 워 판은 당신과도 정책적인 교분을 갖고자 해요. 그 사실을 로렌티스가 알까 봐 걱정스러워요.」

그녀는 얼굴을 찌푸리며 걱정스런 눈길로 보란을 바라보았다. 보란은 갑자기 웃음을 터뜨렸다.

「뭐가 우습죠?」

「우습다기보다 무척 재미있소. 중국 미녀가 거친 모략의 소용돌이 속에서 이것저것 생각하느라 골머리깨나 썩이는 모습을 상상하니 웃음이 절로 나오는군.」

「웃을 일이 아니에요. 그애들이 엉뚱한 소릴 지껄이고 다닌다면 정말 큰일이라구요.」

「그건 당신 말이 옳소. 내가 그녀들에게 소문 내지 말라고 경고를 하긴 했지만…….」

「그애들이 갔음직한 곳을 몇 군데 가봤지만 끝내 못 만났어요.」

「그녀들은 소살리토에 살고 있다고 하더군. 배를 개조해서 말이오.」

「그곳에 있으리라곤 생각지 않아요. 그애들은 지금 영화를 찍고 있거든요. 촬영이 끝날 때까진 다른 곳에서 잠을 자요. 스튜디오가 소살리토에서 제법 멀기 때문이에요.」

「그런데 당신은 어떻게 그녀들과 알게 되었소?」

「워 판을 통해서예요. 몇 달 전에 워 판이 파티를 열었을 때 그애들은 손님 역할을 했어요. 그애들은 결코 악질은 아니에요. 다만 살아가는 방식에 문제가 있을 뿐이에요.」

「알겠소.」

「정말 내 말을 이해하시는 건가요?」

메리 칭은 걱정스러운 표정이었다.

보란은 미소를 머금으며 그녀를 끌어안았다. 중국 여자는 한 마리 새처럼 그의 품속으로 파고들었다. 보란은 몸을 돌려 그녀를 편안히 누인 후 뜨겁고 긴 입맞춤을 했다.

그의 입술은 그녀의 도톰한 입술을 떠나 귓바퀴를 잘근잘근 깨물었고 그의 손가락은 그녀의 등줄기를 타고 점점 아래로 더듬어 내려갔다.

메리 칭은 사내의 탄탄한 가슴 아래에서 끊임없이 작열하는 환희의 불꽃을 이겨내지 못하고 헐떡거렸다. 침대가 힘겹게 삐걱거렸다.

두 사람은 쾌락의 절정을 향해 숨가쁘게 내달리기 시작했다. 형언할 수 없는 황홀감에 메리 칭은 신음을 토했다. 마침내 그녀는 전신을 경련하며 쾌락의 정상에 올라섰다. 보란은 그녀의 몸속에 자신을 쏟아 부으며 아득한 나락으로 빠져들었다.

거센 물살에서 빠져 나와 어느 정도 호흡을 가다듬은 보란은 자신의 어깨에 얼굴을 묻고 있는 메리 칭의 머리칼을 부드럽게 쓸어 내리며 말했다.

「난 이제부터 싸움을 해야 하오.」

그녀는 눈을 번쩍 뜨고 그를 쳐다보았다.

「당신은 놀라운 사람이에요. 보란, 나도 같이 가면 안 되나요? 당신을 돕고 싶어요.」

메리 칭의 눈동자에는 물기가 어려 있었다.

「안 된다는 걸 잘 알지 않소.」

보란은 무뚝뚝하게 대꾸했다.

「보란, 당신은 워 판을 처치해야 할 거예요.」

「당신은 그와 같은 편이잖소?」

「그랬었죠. 하지만 그건 그가 민족주의자였던 때의 일이에요. 그는 지금 딴 데 정신을 쏟고 있어요. 좋지 않은 무리들과 한통속이 되어 간다구요. 워 판과 로렌티스는 아무래도 큰일을 벌이려나 봐요. 로렌티스가 공산주의 세력을 억누르는 동안 워 판은 마피아들의 발목을 잡아 로렌티스를 마피아의 우두머리로 앉히려는 심산인 듯싶어요.」

중국 여자는 어두운 얼굴로 한숨을 내쉬며 말했다.

「복잡하고도 거추장스러운 전쟁이 터질지 모르겠군. 하지만 내가 이곳에서 벌이려는 전투는 그보다 규모가 적을 거요.」

「당신 전투의 규모를 좀더 크게 하면 어떨까요?」

「당신 생각엔 워 판이 그렇게 커다란 위협이 된단 말이오?」

「그래요. 그는 잇속만 챙기는 인간이 되어 버렸어요. 한번 욕심에 불이 붙으면 좀처럼 끄기가 어렵잖아요? 만약 워 판이 당신과 접촉하려 한다는 걸 로렌티스가 알게 된다고 가정해 봐요. 그땐 워 판이 어떤 행동을 취할 것 같아요?」

「필요하다고 생각되면 날 로렌티스에게 넘겨 주겠지.」

「잘 알고 있군요. 그게 암흑가의 생리예요. 오늘의 친구가 영원히 친구로 남아 있을 수 없는 거죠.」

보란은 몸을 일으켜 시계를 보았다. 정오가 조금 지난 시각이었다.

「그 여자들이 영화 촬영 하는 곳을 알고 있소?」

「알아요.」

그녀도 일어나 앉았다.

「또 한 가지 더 묻겠소. 버니 깁슨 경감도 워 판과 로렌티스 사이의 일을 알고 있소?」

「그건…… 잘 모르겠어요.」

메리 칭은 생각에 잠긴 듯 잠시 고개를 떨구고 있다가 덧붙였다.

「깁슨 경감은 오래 전부터 갱들을 쓸어버리려고 노력해 왔어요.」

「혼자서?」

「아마 그럴 거예요. 그는 같은 경찰 중에도 믿을 만한 사람이 별로 없다고 생각하나 봐요.」

그녀는 무릎에 턱을 괴고 보란을 빤히 쳐다보았다.

「당신에게 한 가지 부탁해도 되겠소?」

「뭔데요?」

「깁슨 경감과의 면담을 주선해 주시오.」

「뜻밖의 얘기군요.」

그녀는 눈썹을 치켜 올렸다.

「비밀 회담 형식으로 절대 안전이 보장되어야 하오. 어떻소. 할 수 있겠소?」

보란은 메리 칭을 가만히 바라보며 대답을 기다렸다.

「가능할 것 같아요.」

「좋소.」

「보란…….」

「말해 봐요.」

「그런 부탁을 하는 건…… 날 믿는다는 표시인가요?」

그녀는 조심스러운 목소리로 물었다.

「그런 뜻이오.」

보란은 싱긋 웃음을 보였다.

순간 여자는 환호라도 지를 듯 얼굴을 활짝 펴고 침대 위에 벌렁 드러누웠다.

「고마워요, 보란!」

그녀는 퉁기듯 일어나더니 와락 보란에게 달려들었다.

맥 보란의 짧은 휴식은 이제 끝나 가고 있었다. 언제 다시 휴식을 취하게 될지 알 수 없었다. 그러나 보란은 전투가 자신을 부르고 있는 것을 외면할 생각은 없었다.

# *15*
## 비밀 회담

맥 보란이 골든 게이트 공원의 한 부분인 재퍼니스 가든으로 들어서는 순간 자신도 모르게 탄성을 올렸다. 샌프란시스코에 그처럼 아름답고 조용한 곳이 있으리라곤 상상도 못 했기 때문이었다.

세심한 주의와 정성을 기울여 다듬어 놓은 관목숲 사이로 꼬불꼬불하게 오솔길이 뻗어 있었고 그 길에 놓인, 이국의 정취가 가득한 조각들을 감상하며 걷다 보면 어느새 잔잔한 연못 위에 걸린 반월형 다리와 만나게 된다. 관목숲 사이에는 일본식 다실(茶室)과 사원들이 드문드문 보였다.

마음의 평화와 휴식을 원하는 사람이라면 한번쯤 들러볼 만한 곳이었다.

그러나 보란이 그곳에 온 이유는 휴식을 얻기 위해서가 아니라 고집 센 한 사내를 만나기 위해서였다.

보란은 깁슨 경감이 사소한 법조문 따위에 얽매여 보다 큰일을 그르칠 사람이 아니라고 판단했기 때문에 그와 만나려고 그곳까지 온 것이었다.

보란은 차양을 씌워 놓은 티테이블에 자리를 잡고 앉았다. 얼마 지나지 않아 오솔길을 따라 덩치가 큰 사내와 자그마한 동양 미녀가 무슨 얘긴가를 심각하게 주고받으며 걸어오는 것이 보였다. 보란은 그들의 모습에 눈길을 준 채 약간 쓴맛이 나는 연녹색 차를 한 모금 마셨다.

메리 칭은 깁슨 경감을 불러낸 이유에 대해 그제서야 설명을 끝낸 것 같았다. 미련한 얼굴에 어리둥절한 표정을 짓고 있던 경감의 동작이 순간적으로 굳어지는 것을 볼 수 있었다. 그러나 그것도 잠시뿐, 경감은 곧 태연한 표정으로 되돌아와서 가볍게 고개를 끄덕이며 메리 칭의 얘기에 귀를 기울였다.

하지만 보란은 그 짧은 순간에 보인 깁슨 경감의 반응에서 그가 보란과의 비밀 면담을 무척 흥미롭게 생각하고 있음을 간파해 냈다.

메리 칭과 경감이 오솔길을 따라 관목숲 사이로 꺾어 들며 모습을 감추자 보란은 자리에서 일어났다. 그는 반대 방향으로 돌아가 지름길을 이용해 메리 칭과 약속한 장소로 갔다.

「바로 당신이 그 유명한 사내로군!」

깁슨 경감이 보란에게 던진 첫마디였다.

경감의 겉모양은 보는 이로 하여금 실망감을 자아내게 했다. 그는 둔해 보일 정도로 큰 몸집에 하마처럼 머리통이 크고 턱은 구둣주걱처럼 앞으로 튀어나와 있었다. 게다가 두 눈은 붉게 충혈되어 있었으며 두툼한 입술은 굳게 다물어진 채여서 좀처럼 열릴 것 같지 않아 보였다. 어찌 보면 멍청하다고밖에 할 수 없는 인상이었다.

그러나 그것이 항만 경찰서장인 버니 깁슨의 모든 것은 아니었다. 보란에겐 수많은 전투를 치르는 동안 얻어진, 사람이 갖고 있는 진면목을 꿰뚫어볼 줄 아는 눈이 있었다.

보란이 본 깁슨 경감은 정통파 경관이었다. 그는 얄팍한 입술과 잘 돌아가는 혀로 먹고 사는 변호사나 꿈에 가까운 도의를 내세우는 민권주의자가 아니었다. 그는 자신이 몸담고 있는 도시를 안전하게 지키려고 애쓰는 고지식한 경관일 따름이었다.

그는 그 임무를 다하기 위해서라면 경우에 따라선 법을 무시할 만한 용기도 낼 줄 아는 인물처럼 여겨졌다.

보란은 깁슨 경감과 같은 유형의 경관을 몇 명 알고 있었다. 그들은 절대 시대의 흐름과 타협하지 않고 그들만의 판단 기준에 의해 꿋꿋하게 매사를 처리해 나가는 사람들이었다. 그 수가 점점 줄어들고 있긴 하지만 그런 고집쟁이 경관들 덕분에 아직도 정의의 불길이 계속 타오르고 있는지도 몰랐다.

「그런데 이곳엔 무슨 볼일이 있어 온 거요?」

깁슨 경감은 단도 직입적으로 물었다.

「이 도시의 구석구석엔 썩은 냄새가 물씬거리고 있소. 마피아의 냄새로 코를 들 수 없을 지경이란 말이오.」

보란은 무뚝뚝하게 대꾸했다.

「그래, 새로운 사건이라도 생겼단 얘기요?」

덩치 큰 경관은 주머니를 뒤적거려 담뱃갑을 꺼냈다. 그는 하나 남은 담배를 꺼내 입에 물더니 담뱃갑을 아무렇게나 구겨 등 뒤로 던졌다.

「내가 나타난 것보다 더 새로운 사건이 또 있겠소?」

「아하! 당신은 죽은 사람이나 다름없소. 그런 당신이 이곳에 나타난 게 무슨 얘깃거리가 된다는 거요?」

경감은 코웃음을 쳤다.

「죽은 사람이라고 일을 하지 못하란 법은 없지 않소? 오히려 산 사람은 전혀 생각 못 할 일을 할 수도 있소. 난 이미 몇 가지 일을 벌여 놓았소.」

보란은 무표정한 잿빛 눈동자로 경감을 쳐다보며 조용히 말했다. 경감은 나지막하게 신음을 했다.

「당신이 저질러 놓은 짓은 나도 잘 알지. 아주 볼 만한 구경이더군. 그게 당신이 하는 〈일〉이란 말이오?」

집슨 경감은 길게 담배 연기를 내뿜었다.

「삶의 방식이라 해도 좋소.」

보란과 덩치 큰 경관의 날카로운 눈길이 허공에서 서로 얽혔다.

「당신의 대답이 마음에 드는군. 그래서 하는 말인데 이곳에선 그런 짓을 삼가 줬으면 좋겠소. 당신이 내가 책임을 지고 있는 곳에서 그런 달갑지 않은 짓을 저지르고 다니는 걸 두고 볼 수는 없는 게 내 처지니까. 좋게 말로 할 때 이곳을 떠나는 게 현명할 거요. 당신이 조용히 떠나 준다면 지금 당신을 체포할 마음은 없소.」

「그런데 이곳에선 시끄러운 일이 일어날 것 같은 조짐이 보이고 있소. 그 일은 내가 이곳에 있든 없든 간에 반드시 터지고 말 거요.」

보란은 조금도 굽히지 않고 대꾸했다.

「그건 또 무슨 말이오?」

「놈들은 이제까지는 그런대로 잘 지내 왔소. 하지만 그 화해 무드가 한계점에 이르렀단 얘기요. 놈들끼리의 전쟁은 벌써 시작되었소.」

「당신 그 말에 대해 책임을 질 수 있소? 무슨 결정적인 증거라도 갖고 있단 얘기요?」

깁슨 경감의 표정이 조금 굳어졌다.

「그렇소. 그것에 대해선 이 중국 아가씨가 자세히 설명해 줄 거요. 바야흐로 본격적인 전쟁이 터지려 하고 있소. 그 싸움에는 놈들뿐 아니라 마피아와 관련되어 있는 사람들까지도 어쩔 수 없이 말려들게 되오. 그리고 유혈 사태가 벌어지면 무고한 사람들이 해를 입지 않으리란 보장은 할 수 없는 게 아니겠소?」

「계속하시오.」

깁슨 경감은 엄지손가락으로 콧등을 문질렀다. 그의 눈동자에는 억누르기 힘든 흥분의 기색이 떠올라 있었다.

「그 유혈 사태를 막을 수 있는 좋은 생각이 내게 있소. 아무런 말썽도 없게, 그리고 대부분의 착한 시민들은 전혀 눈치도 챌 수 없게 말이오.」

보란은 경감을 똑바로 쳐다보며 자신 있게 말했다.

깁슨 경감은 맥 보란을 뚫어져라 쏘아보며 생각에 잠겼다. 그는 자신의 앞에 서 있는 후리후리한 사내의 말에 대한 신뢰도를 측정하고 있는 것 같았다. 마침내 그는 마음을 정한 듯 고개를 끄덕이며 입을 열었다.

「더 얘기할 게 있으면 해보시오. 난 더 들어줄 용의가 있으니까.」

「좋소. 내가 생각하고 있는 방법은 꼭대기에서 밑바닥까지 싹 쓸어 버리는 거요.」

「그게 잘될까?」

「내가 꼭대기를 맡고 당신이 밑바닥을 처리한다면 가능하죠.」

「내가 청소를?」

깁슨 경감은 담배 꽁초를 구두 뒷굽으로 비벼 껐다.

「좀더 현실적으로 생각해 봐요. 당신들 경찰은 결코 꼭대기층을 건드릴 수 없소. 그렇다고 졸개 놈들만 없애 보았자 굵직한 놈들이 버티고 있는 한은 총소리가 그칠 날이 없는 것 아니겠소. 그러나 굵은 놈들을 처치해 버린다면 그 아랫놈들은 자연 소멸되고 말 것이오.」

「그럼 나한테 얘기할 필요 없이 당신 마음대로 행동해도 될 텐데 날 만나자고 한 이유가 뭐요?」

깁슨 경감은 무뚝뚝하게 대꾸했으나 그는 분명 보란의 얘기에 큰 관심을 보이고 있었다.

「당신의 도움을 받고 싶기 때문이오.」

보란은 간단하게 대답했다.

「또 괴상한 짓을 저지를 모양이군.」

「당신에겐 결코 해가 가지 않을 거요. 내가 바라는 건 당신이 소문을 퍼뜨려 주었으면 하는 거요.」

「어떤 소문을?」

「조만간 경찰이 차이나 타운을 손볼 예정이라는 소문! 할 수 있겠소?」

보란의 말에 덩치 큰 경관은 웃음을 터뜨렸다.

「경찰이 맥 보란의 사주를 받는다? 웃기는 말이긴 하지만 이곳을 지키기 위해서라면 그만한 것쯤은 감수할 수도 있지.」

집슨 경감이 이를 드러내며 다시 웃어 댔다.

「고맙소. 앞으로는 이 중국 미녀를 통해 연락하겠소.」

「아직 할 얘기가 더 있을 텐데? 이렇게 만날 기회가 다시 없을 지도 모르니 지금 탁 털어놓으시오.」

「모든 일엔 적절한 시기가 있는 법이오. 내가 다시 연락하겠소.」

보란이 진지하게 말했다.

「제기랄! 사람 꽤나 궁금하게 만드는군.」

집슨 경감은 미소를 거두고 툴툴거렸다. 그는 악의 무리들을 없애 버릴 수 있는 좋은 방법이 있다는 보란의 말에 귀가 솔깃했으나 다른 한편으로 생각해볼 때 그것이 보란의 술수가 아닌가 하는 의심이 드는 모양이었다.

경감의 태도에 경계의 빛이 비치자 보란은 차분한 목소리로 말했다.

「일단 나를 믿어 보시오. 실망은 하지 않을 거요. 곧 연락하겠소.」

보란은 메리 칭의 손을 잡자 경감에겐 인사도 없이 빠른 걸음으로 관목숲을 빠져 나갔다.


「다시 한 번 말해 보게.」

피츠필드에서부터 전화선을 타고 달려온 레오 터린의 목소리에는 짙은 근심이 담겨 있었다.

「뭐가 잘못됐나, 레오? 세상 끝에 선 사람 같은 목소리야.」

「아니야. 자네 말을 제대로 들었는지 확인하려는 것뿐이네.」

「내 말을 오기 마리넬로에게 전해 달란 말일세.」

「자네의 이름으로?」

「아니야, 그런 느낌은 조금이라도 내비쳐선 안 돼.」

「그래, 중사. 도대체 무슨 얘길 하고 싶은 건가?」

터린은 한숨을 내쉬었다.

「난 오기가 아직도 그곳의 총보스라고 알고 있네.」

「대체로 그래. 그가 회의석상에서 한 얘기는 거의 대부분이 실행에 옮겨지거든.」

「그 친구에게 내가 극비의 정보를 알려 줘야겠어. 지금 서부지역에선 엄청난 음모가 진행중이네. 그 음모는 어쩌면 전조직의 세력 판도를 뒤바꾸어 놓을지도 몰라.」

「그 음모란 게 뭔가, 중사?」

「일종의 동맹이지.」

「무슨 동맹?」

「먼저 중국 공산당과 로먼 데마르코가 한테두리 안에 있다고 생각하는 거야. 그럴 듯하지 않나?」

「잠깐만, 보란. 그런 종류의 일은 아직까지 이루어지지 않았다구.」

「나도 알고 있네. 하지만 자넨 그것이 진행중이란 말만 되풀이할 뿐 자세한 얘기를 해준 적이 없어.」

「좋아. 내가 보고 느낀 대로 얘기하겠네. 마피아들은 공산당을 몹시 싫어해. 자네도 알지?」

「그래. 그러나 싫어하는 건 감정적인 문제일 따름이지. 사업은 어디까지나 사업이라구.」

「자네 말이 옳아. 마피아들은 중국을 싫어하면서도 여전히 장

사를 하고 있거든. 주된 품목은 마약이야. 그렇지만 중국 본토와
의 공식적인 교역은 아직 한 번도 없었어. 이젠 자네 얘기로 되
돌아가자구. 자네가 말하는 동맹에 대해 자세히 말해 보게.」

「아직까진 내 머릿속에 있는 얘기야. 하지만 실현 가능성도 충
분히 있어. 그래서 자네에게 소문을 내달라는 것 아닌가?」

「무슨 말인지 도통 감을 잡지 못하겠군.」

레오 터린은 가라앉은 목소리로 말했다.

「들어 보게. 로먼 데마르코는 조직에 소속된 사람이라기보다
미스터 킹의 손 안에서 놀아나는 인물이고 미스터 킹은 서부 지
역을 장악하려는 야심을 갖고 있다. 중국 본토와의 교역은 빠른
시일 내에 이루어질 게 분명하고 그렇게 되었을 때를 위해 미스
터 킹은 계략을 짜고 있다. 즉 수입 및 수출 루트를 완전히 주무
르기 위해서 동부 지역 가문들의 세력을 꺾어 놓으려는 꿍꿍이
다, 라고 가정해 보자구. 어때? 얘기가 그럴 듯하지 않나?」

「재미있는 얘기로군. 만일 미스터 킹이란 작자가 그런 생각을
품고 있다면 두고 볼 수만은 없는데……..」

「맞았어. 그리고 어떤 중국 늙은이가 그런 사태를 염려한 나머
지 그것에 대항하기 위해 또하나의 동맹을 체결했다네.」

「누구와?」

「자네도 잘 알 거야. 〈미치광이〉 로렌티스라는 놈이야.」

「그놈은 자기 도취 상태에 빠져 있는 놈이야. 그런데 로렌티스
는 데마르코의 심복이란 말이야.」

「현재로선 그렇지. 그런데 그놈한테서 냄새가 난다구.」

「무슨 냄새?」

「피 냄새지 무슨 냄새겠나. 놈은 보스인 데마르코를 없애고 그

노인이 갖고 있는 권력을 움켜쥐려고 해.」

「만일 그게 사실이라면 로렌티스는 문자 그대로 미친 놈이야. 데마르코는 분명 늙기는 했지만 죽을 날은 아직도 멀었다구. 데마르코는 로렌티스쯤 새끼손가락으로 문질러 버릴 수 있을 걸?」

터린은 어림도 없다는 듯 시큰둥하게 말했다.

「정말 그렇게 생각하나, 레오?」

보란은 따지듯 물었다.

「자넨 전화를 하면서도 상대방의 표정을 읽을 수 있는 모양이군. 솔직하게 얘기하겠네. 로렌티스가 정말 그런 생각을 갖고 있다면 지금이 그것을 실행에 옮길 절호의 찬스일 걸세. 왜냐하면 그는 지금 자네를 잡기 위해 구성된 행동대의 대장이거든. 그 권한을 역이용하면 보스를 칠 수도 있겠지.」

터린은 또다시 길게 한숨을 쉬었다.

「바로 그거야. 또 한 가지 얘기가 있네. 로렌티스는 다니엘 워판이라는 중국 늙은이와 각별한 유대 관계가 있는 모양이야. 그들이 샌프란시스코에서 벌이고 있는 사업은 서로서로 연관이 있다더군.」

「자네가 무슨 말을 하려는지 알겠네.」

「그럼 오기 마리넬로에게 어떤 식으로 얘기를 전해야 하는지도 잘 알겠군.」

보란은 나지막하게 웃음을 터뜨렸다.

「물론이야. 내 머리도 그다지 나쁜 편은 아니니까.」

「이만 끊자구. 내 신변에 별일이 생기지 않는다면 또 연락하지.」

「보란, 잠깐만! 할 얘기가 있어.」

터린은 먹구름이 잔뜩 낀 목소리로 말했다.

「무슨 문제가 있나?」

「그래. 좋지 않은 소식이야.」

「뭔데?」

보란은 갑자기 알 수 없는 불안에 사로잡히며 가슴속이 답답해졌다.

「자네가 화내지 말았으면 좋겠는데…….」

「답답하게 굴지 말고 얘기해 보게.」

「조니와 캐롤이 사라져 버렸어.」

「언제?」

보란은 뒤통수를 한 대 얻어맞은 듯했다.

「확실히는 모르겠네. 오늘 아침에 그애들과 연락하려고 보니까 없더란 말이야. 조니가 다니는 학교에서는 어제 저녁 이후로 그애들을 본 사람이 없어.」

터린은 헛기침을 했다.

보란은 무릎의 힘이 빠져 제대로 서 있을 수조차 없었다.

「짐을 챙겨서 사라진 건가?」

「그건 정확하게 얘기하기 어려워. 그애들의 소지품이 어떤 것인가를 알 수 없으니까.」

「레오, 놈들에게 납치되었을 가능성도 있나?」

「전혀 없다곤 말 못 하겠네. 그러나 그 외에 생각해 볼 수 있는 다른 가능성도 많아. 그애들이, 특히 캐롤이 자네와 만나고 싶어한다는 얘길 했었지? 내가 강력하게 반대하자 나 몰래 그쪽으로 떠난 건지도 몰라. 자네가 샌프란시스코에서 벌인 일은 이곳에서도 다 알고 있어. 매스컴에서 워낙 떠들어 대니까.」

「난 캐롤이 그런 행동을 하리라곤 생각지 않네. 만일 그런 생각이 있었더라면 조니와 함께 떠나진 않았을 거야. 그녀는 그것이 얼마나 위험한 일인지 잘 알거든.」

보란은 거의 자신에게 말하듯 중얼거렸다.

「빌어먹을! 난…… 언제나 그애들의 동태를 파악하고 있다고 생각했었는데…….」

터린의 목소리에는 걱정과 공포의 빛이 역력했다.

「레오, 이제부터라도 눈과 귀를 활짝 열어 놓게. 그리고 무슨 얘기가 들리거든 즉시 나에게 알려 주게. 어떤 소식이라도 좋아.」

「알겠네. 그런데 어떻게 하면 빨리 연락이 되겠나?」

「지난번에 이용한 그 텔레비전의 방송 기자를 찾으라구. 그에게 긴급 사항이라고 얘기하면 즉각 보도를 할 거야. 그러면 내가 알게 되지.」

「중사…….」

「왜 그래, 레오?」

「정말 미안하게 됐네. 뭐라고 말해야 좋을지…….」

「꼭 자네 잘못만도 아니야, 레오. 난 언젠가는 이런 일이 생길 거라고 예감하고 있었네.」

보란은 피츠필드에서 안절부절못하고 있는 친구의 얼굴이 보이는 듯했다.

「오기 마리넬로에겐 자네 얘기를 꼭 전하겠네!」

「그래. 그리고 계속 알아봐줘.」

보란은 조용히 전화기를 내려놓고 공중전화 부스를 나섰다. 메리 칭이 쪼르르 달려와 그와 팔짱을 꼈다. 그녀는 보란의 음울

한 회색 눈동자를 쳐다보고 깜짝 놀라는 시늉을 했다.

「일이 잘 안 된 모양이군요.」

「아니, 잘 됐소.」

보란은 아무 억양도 없이 대꾸했다.

「그런데 당신 얼굴 표정이 왜 그래요? 마치 낯선 사람 같아요.」

「그렇소?」

보란은 앞만 쳐다보며 건성으로 대꾸했다.

「곤란한 문제가 생겼나요?」

「아무 일도 아니오.」

「계획을 바꿀 생각인가요?」

「천만에. 그대로 밀고 나갈 거요.」

메리 칭은 입술을 지그시 깨물며 잠깐 침묵을 지켰다. 그녀는 한숨을 푹 내쉬더니 입을 열었다.

「이제 어디로 가야 하나요?」

그녀는 일부러 큰 소리로 물었다.

「그 영화배우들을 찾으러.」

보란은 간단하게 대꾸했다.

「신디와 판다 말이에요?」

「그렇소. 그녀들이 안전한지 알아봐야겠소. 어쩌면 큰 위험 가운데 빠져 있을지도 모르니까.」

메리 칭은 말없이 고개를 끄덕였다. 그러나 그녀의 눈은 보란의 굳은 얼굴에 고정된 채였고 무엇인가를 열심히 찾아내려 하고 있었다.

「이봐요, 신사 양반. 당신이 통화한 내용을 내가 알면 안 되나요?」

보란은 입을 꾹 다문 채 계속 앞쪽만 쳐다볼 뿐이었다.

「할 수 없군요.」

「이제 그 유래를 찾아보기 힘든 치열한 싸움이 벌어질 거요. 특히 여자들이 감당하기엔 너무나 힘겨운 싸움이오.」

보란은 걸음을 천천히 하며 희미한 미소를 지어 보였다.

메리 칭은 그의 말에 알지 못할 아픔을 느꼈다. 그녀는 보란의 어깨에 살며시 기대었다.

「그애들의 일이 해결되면 어디로 가실 건가요?」

「브러시 파이어.」

「네?」

메리 칭은 불에 덴 듯 보란의 어깨에서 머리를 떼고 눈을 휘둥그렇게 떴다.

죽음처럼 싸늘한 웃음이 번지는 보란의 얼굴은 이제까지 메리 칭이 느낀 인간 보란의 것이 아니었다.

# 16
## 구출 작전

맥 보란은 기얼리 가로 차를 몰았다. 지금 그는 통이 넓고 편안한 바지에 면 셔츠를 받쳐 입고 그 위에 수수한 재킷을 걸치고 있었다. 액셀러레이터 위에 올려진 발에는 고무창을 댄 신발을 신었다. 운전석 옆자리에는 인형 같은 중국 미녀가 긴장한 얼굴로 앉아 있었다.

오후 3시를 조금 지난 시각이었다. 보란이 샌프란시스코에서 전투를 개시한 지 열 시간 남짓 지났을 뿐이었다.

「바로 저기예요.」

메리 칭은 앞차창으로 보이는 건물을 손가락질했다.

보란은 스튜디오 건물의 주차장에 차를 세웠다.

「당신이 가보고 오시오.」

보란이 출입문을 턱짓하며 말했다. 메리 칭은 심호흡을 한 후차에서 내렸다.

그러나 그녀는 근심스런 표정을 짓고 곧 보란에게 되돌아왔다.

「잠겨 있어요. 이상한 일이에요. 보통때 같으면 한참 촬영중일 텐데…….」

그녀의 검은 눈동자가 불안하게 흔들렸다.

「일을 빨리 끝내고 갔을 수도 있잖소?」

「그럴 리 없어요. 어제부터 촬영에 들어간 걸요.」

그녀의 아름다운 이마에 주름살이 생겼다.

「그럼 내가 시키는 대로 하시오. 내가 내리면 운전석으로 옮겨와 꼼짝 말고 앉아 있어요. 누가 오더라도 움직이면 안 되오. 하지만 만일 총소리가 들려 오면 그땐 빨리 행동해야 하오. 총소리를 들은 즉시 반네스 가 쪽으로 차를 몰아 한 블럭을 더 지난 곳에서 날 기다리시오. 그곳에서 2분 동안 기다려도 내가 오질 않을 때는 그곳을 떠나 기얼리 가로 되돌아오시오. 그리곤 될 수 있는 한 천천히 거리를 돌아다녀요. 어떻게 하는 건지 알아듣겠소?」

「알겠어요.」

메리 칭은 힘차게 고개를 끄덕였다.

보란은 그녀의 어깨를 다독거려 주고 차에서 내려 스튜디오 입구 쪽으로 곧장 걸어갔다. 그는 바지 주머니에서 만능 열쇠를 꺼내 열쇠 구멍에 꽂았다. 문은 쉽게 열렸다.

문을 열자 널찍한 로비가 나타났다. 로비의 한쪽에는 카운터가 있었고 마주 보이는 곳은 휴게실인 듯 기다란 의자와 아무 꾸밈도 없는 테이블이 몇 개 놓여 있는 것이 보였다.

그곳에서는 사람의 기척을 전혀 느낄 수 없었다. 보란은 로비를 휘둘러보며 천천히 안으로 들어갔다.

카운터 옆쪽에는 육중해 뵈는 철문이 있었고 그 문에는 붉은 페인트로 〈스튜디오, 관계자 외 출입 금지〉라고 씌어져 있었다. 문에 손잡이가 없는 것으로 보아 어딘가 자동 개폐 장치가 있는 것 같았다.

보란은 카운터 안쪽을 살펴보았다. 짐작했던 대로 노란색 버튼이 눈에 뜨였다. 버튼을 누르자 철문은 옆으로 미끄러지듯 열렸다.

스튜디오는 생각했던 것보다 꽤 넓었다. 어두컴컴한 복도의 양옆에는 사무실과 탈의실 및 휴게실로 보이는 방들이 있었고 복도 끝은 촬영장과 통했다.

촬영장의 문 앞에 서서 보란은 안을 둘러보았다.

촬영장 천장에는 여러 가지 조명 장치와 녹음 장치 따위가 설치되어 있었다.

그리고 촬영장 안에는 세 개의 세트가 장치되어 있었는데 하나는 바다의 그림을 배경으로 모래밭이 펼쳐져 있어서 해변을 나타내 주었고, 또 하나는 침실, 나머지 하나는 거실로 꾸며져 있었다.

그 세 세트 중에서 불이 밝혀진 곳은 침실 쪽뿐이었다. 그곳에는 동양인으로 보이는 사내들이 둘러서 있었기 때문에 침실 한가운데 자리잡고 있는 커다란 침대는 거의 가려진 채였다. 사내들이 서 있는 틈 사이로 언뜻 서로 꼭 껴안고 있는 여자 두 명이 보였다.

잔뜩 겁먹은 얼굴로 금방이라도 울음을 터뜨릴 듯 입술을 삐죽거리고 있는 그 여자들은 넓적다리까지 내려오는 하얀색 가운을 걸치고 있었는데 그것이 그녀들이 입은 옷의 전부였다. 그 여자들이 사내들의 눈치를 보며 침대 위에서 몸을 움직일 때마다 가운 아래로 뻗어 나온 미끈한 다리가 불빛을 반사했다.

그 여자들을 내려다보며 침대 주위에 서 있는 사내는 모두 6명이었다. 그들은 보란에겐 뒷모습밖에 보이지 않았지만 그 여자들과 함께 베드신을 연출할 것 같은 차림은 아니었다. 그 사내들은 거의 정장 차림이었다.

보란은 소리나지 않게 그들 쪽으로 다가가며 사내들의 움직임을 관찰했다. 침대 옆에 서서 여자들에게 무엇인지를 캐묻고 있는 사내가 눈에 들어왔다. 사내의 목소리는 낮았으나 위협과 노기가 잔뜩 서려 있었다. 그 사내는 비단으로 된 중국옷을 입고 있었지만 서양인이었다. 사내들 중 서양인은 그뿐이었다.

보란은 몸을 최대로 낮춘 채 해변 세트 쪽으로 재빨리 움직여 갔다. 그러고는 커다란 조명등 뒤에 서서 버튼을 힘껏 눌렀다.

예기치 못했던 불빛이 세트 쪽으로 쏟아지자 6명의 사내들은 해변 세트 쪽으로 홱 돌아섰다. 갑자기 쏟아진 강렬한 불빛 때문에 그들은 보란의 모습을 볼 수 없었다. 빛의 그물에 잡힌 사내들은 뻣뻣한 동작으로 손을 들어올려 손바닥으로 불빛을 가렸다.

침대 위의 두 여자는 더욱 꼭 엉겨 붙으며 시트에 머리를 처박은 채 바들바들 떨었다.

「누구야!」

비단 옷의 서양인은 손으로 눈을 가린 채 외쳤다.

「움직이지 마!」

보란은 싸늘하게 소리쳤다.

「누구냐니까?」

「알 것 없어. 꼭 알아야겠다면 지옥에서 네놈들을 잡으러 온 사자라고나 해두지.」

순간 사내들 중 두 명의 중국인이 조명등을 향해 몸을 날렸다. 그러나 장님이나 다름없는 상대를 쓰러뜨리기란 손바닥 뒤집기보다 쉬운 일이었다. 보란의 베레타가 불꽃을 토하며 나지막하게 기침을 했다. 두 사내는 둔탁한 소리를 내며 바닥에 나가 떨어졌다.

「이봐, 잠깐 기다려!」

비단 옷의 사내가 한 걸음 나서며 소리쳤다. 그는 조명등 뒤에 숨은 침입자를 달래려는 듯 조심스러운 몸짓이었다.

「얘기 좀 하자구.」

보란이 아무런 반응도 보이지 않자 그 서양인 사내는 사뭇 떨리는 음성으로 다시 말했다. 강렬한 불빛을 받고 있는 사내의 얼굴에서 땀이 비오듯 쏟아졌다.

「좋아. 우선 그 여자들을 내보내.」

「당신이 원하는 건 그것뿐인가?」

「현재는 그렇지.」

「이 여자들은 별로 중요하지가 않아.」

「하지만 내겐 중요하다구. 빨리 내보내!」

비단 옷의 사내는 여자들을 흘낏거리며 머릿속으로 잠깐 계산을 해보는 눈치였다. 그러나 곧 그는 곁에 선 사내에게 조그만 소리로 풀어 주라고 말했다.

구르듯 침대에서 내려온 여자들은 해변 세트를 지나 허겁지겁 문 쪽으로 달려갔다. 보란은 그 여자들이 자신의 앞을 스쳐갈 때

조용히 한마디 일러 주었다.

「메리 칭이 바깥에서 기다리고 있소.」

보란은 여자들이 완전히 시야에서 사라질 때까지 기다렸다가 얼어붙은 듯 서 있는 사내들에게 위협조로 말했다.

「누구든 내 뒤를 쫓아나오는 놈이 있다면 지옥으로 보내 주겠다. 지옥 구경을 하고 싶은 놈이 있다면 망설이지 말고 내 뒤를 따라나서라.」

보란은 슬슬 뒷걸음질 치며 스튜디오에서 빠져나왔다.

사내들은 목숨을 아끼기로 마음먹은 듯 아무도 따라나오지 않았다.

보란이 건물에서 뛰쳐나와 차에 오르자마자 메리 칭은 힘차게 액셀러레이터를 밟았다.

뒷좌석에 타고 있던 신디와 판다는 서로 부둥켜안은 채 울고 불고 야단들이었다. 그녀들의 동그스름한 얼굴은 몹시 얻어맞은 듯 시퍼런 멍투성이였고 부풀어 터진 신디의 입가에는 말라붙은 핏자국도 보였다. 그 여자들이 너무 히스테리컬한 반응을 보였기 때문에 보란은 한참 후에야 겨우 말을 붙일 수 있었다.

「어디에다 내려 주면 되겠소?」

보란은 뒤쪽으로 몸을 돌리고 여자들에게 물었다.

「소살리토로 가요.」

신디가 말했다.

「거기엔 친구들이 많아요. 그놈의 깡패들한테서 우릴 지켜 줄 거예요.」

판다가 끼여 들었다.

「경찰의 보호는 필요 없단 얘기요?」

보란이 넌지시 묻자 두 여자는 세차게 고개를 내저었다.

「길을 알고 있소?」

보란은 메리 칭에게 물었다.

「알아요.」

메리 칭은 무뚝뚝하게 대꾸했다. 자동차는 금문교를 향해 힘차게 달려갔다.


신디와 판다는 그녀들이 당한 일에 대해 얘기를 늘어놓았다. 그것은 보란이 수없이 들어온 얘기였다. 그러나 그 여자들로선 세상에 태어나 처음으로 당해 보는 공포의 순간들이었기 때문에 보란은 그 넋두리를 가만히 듣고 있었다.

스튜디오를 습격한 놈들은 두 여자만 남기고 다른 사람들을 모두 몰아낸 후 무려 두 시간 동안이나 그녀들을 족쳐 댔다. 놈들은 여자들이 알고 있는 모든 사실을 캐내려 했다. 겁에 질린 여자들은 죽음의 위협에서 벗어나기 위해 모든 것을 털어놓을 수밖에 없었다.

만일 여자들이 조금이라도 숨기거나 주저하는 기색을 보이면 사내들은 금문교 아래 사지가 토막난 채 버려진 여자의 시체들을 상기시키면서 그녀들도 그렇게 될 수밖에 없다고 협박을 했다.

그뿐 아니라 솥뚜껑만한 손으로 가냘픈 여자들을 사정없이 때렸고 기분이 내키는 대로 욕을 보이기도 했다.

사내들은 신디와 판다가 맥 보란이 숨어 있는 곳이나 앞으로의 계획 등에 대해 전혀 아는 바가 없다는 얘기를 결코 믿으려 하지 않았다.

보란이 스튜디오에 뛰어들지 않았더라면 또 어떤 고문을 당했을지 상상도 할 수 없다며 여자들은 다시 울음을 터뜨렸다.

「정말 고마워요. 당신이 오지 않았다면 우린 어떻게 되었겠어요?」

신디는 손등으로 눈물을 닦으며 진심으로 고마워했다. 그러나 판다는 입술을 잘근잘근 깨물고 있을 뿐 아무 말도 하지 않았다.

「얘, 너도 뭐라고 말 좀 해보렴.」

신디가 판다에게 말했다.

「난 꼭 고맙게만은 생각되지 않아.」

판다는 잔기침을 했다.

「그게 무슨 말이야?」

신디는 눈을 동그랗게 떴다.

「애초에 저 양반이 메리 칭의 아파트에 나타나지 않았다면 우리가 그런 곤욕을 치를 필요가 없었을 것 아니야? 난 불안해. 맥 보란이 우리들 생활에 너무 깊이 파고 들어와 있는 것은 아닌가 해서……」

판다는 수다스럽게 계속 떠들어 댔다. 한번 입을 열자 그녀는 좀처럼 그치지 않을 듯 온갖 소리를 다 지껄여 댔다.

그녀의 입이 너무 가벼운 데 실망을 했지만 그녀가 보란이 벌이는 전투에 대해선 그다지 아는 것이 없었으므로 보란은 침묵을 지키고 있었다.

그는 그 여자들과 계속 사귄다거나 관계를 가지고 싶은 마음은 조금도 없었다. 입을 조심하라고 분명하게 주의를 주었음에도 여자들은 그의 말을 듣지 않았다. 결국 그녀들이 입은 화는 스스로가 불러들인 것이었다.

또한 보란은 그녀들을 원망할 마음도 없었다. 어찌됐든 뒷좌석에 앉아 있는 여자들은 아직 세상이 어떤 곳인지를 모르는 어린 나이였으니까. 단지 그녀들을 제때에 구해낼 수 있었던 것이 기쁠 따름이었다.

하지만 미국의 동부 지역에서 날아온 소식, 그곳에서 안전하게 지내야 할 두 사람이 사라졌다는 소식에 대해서 보란은 몹시 신경을 곤두세우고 있었다. 그들과 보란은 보이지 않는 끈에 의해 단단히 연결되어 있었다. 보란이 필연적으로 치러야 하는 전투의 위험도가 클수록 그 두 사람이 받는 목숨의 위험도 큰 것이다.

그리고 새초롬한 얼굴로 핸들을 잡고 있는 인형 같은 중국 여자에 대해서도 그는 책임을 느끼고 있었다. 그녀는 이미 보란의 전쟁에 깊이 말려들었고 시간이 갈수록 점점 더 발을 뺄 수 없는 상태에 이르게 될 게 뻔하기 때문이었다.

「당신 아파트엔 다시 가지 않는 게 좋을 거요. 그곳은 이제 휴식처가 아니라 죽음의 손길이 너울거리는 지옥의 입구로 변했으니까.」

보란은 자리에 똑바로 앉으며 메리 칭에게 조용히 말했다.

「네, 알아요.」

중국 여자는 백 미러로 뒷좌석을 흘끗 훔쳐보며 대꾸했다.

소살리토는 샌프란시스코 외곽, 금문교 북쪽의 해안에 자리잡은 아름다운 항구였다. 보란도 한때는 주말을 보내기 위해 그곳을 찾곤 했었다. 그림 같은 소살리토가 멀리서 보이자 보란은 그때의 기억이 불현듯 되살아났다. 그러나 지금은 그런 달콤한 추억에나 잠겨 있을 때가 아니었다. 지금 그는 포르노 영화 배우인

두 여자를 안전한 곳에 데려다 주고 빨리 홀가분해지고 싶을 따름이었다.

보란은 샌프란시스코 전투의 제3막을 열 시간이 점점 다가오고 있음을 느끼고 있었다. 가슴속에 차오르는 막연한 불안감이 전투 개시 시간이 임박했음을 말해 주고 있었다.

그들이 탄 차는 금문교를 빠져 나와 만 쪽으로 방향을 바꾸고 좁다란 해안 도로 위에 올라섰다. 도로변에 세워 놓은 커다란 표지판에는 〈바다를 구하자!〉라고 씌어져 있었다.

그것을 본 순간 보란은 어떤 낌새를 눈치 챘어야만 했었다. 그러나 인간적인 고뇌에 휩싸여 있던 보란은 경고나 다름없는 표지판을 무심히 스쳐 지나가 버렸다.

약 100야드 앞쪽의 해안에 하우스 보트 한 척이 묶여 있었다. 차 안에서는 그 보트의 윗부분인 선실밖에 보이지 않았다. 선실의 크기로 보아 보트도 자그마할 것 같았다.

보트의 갑판에는 표지판이 하나 세워져 있었는데 그것에도 〈바다를 구하자!〉라고 적혀 있었다.

순간 보란의 머릿속에 반짝 하고 불이 켜졌다.

그의 정보 수첩에 기록된 한 정보가 번개처럼 떠올랐던 것이다.

하지만 메리 칭은 이미 그 보트 쪽으로 방향을 잡고 차를 돌리고 있었다.

「우리가 살고 있는 곳이 바로 저기예요.」

신디는 앞좌석의 등받이를 붙잡고 몸을 반쯤 일으키더니 표지판이 세워져 있는 보트를 손가락질했다. 그녀는 별탈 없이 집으로 돌아온 데 대해 안도의 한숨을 내쉬었다.

그러나 보란의 표정에는 먹구름이 잔뜩 끼었고 그의 잿빛 눈동자는 위험을 예감한 맹수의 그것처럼 싸늘하게 번뜩이기 시작했다.

「그리고 항만 보호 회사의 본부이기도 하고?」

보란은 딱딱한 목소리로 물었다.

신디는 보란의 목소리에 경계의 빛이 어려 있는 걸 느끼자 몹시 당황해 했다.

「내 말은…… 저 보트에서 우리가 살 수 있도록 베리치 씨가 허락을 하셨고……. 그분 얘기는 들어 보셨지요?」

보란은 고개를 끄덕였다.

토머스 베리치의 이름은 물론 알고 있었다. 마피아와의 전투 전문가인 보란이 놈의 이름을 모를 리 없지 않은가.

보란은 마피아들의 추적 능력에 새삼 감탄을 했다. 그들은 한 가지 사건을 빌미로 그와 연관된 모든 일들을 다 알아낼 수 있는 연락망을 갖고 있었다.

보란은 자신의 가슴속에서 점점 그 무게를 더해 가는 불안의 정체를 그제야 알 것 같았다. 지금 그가 취해야 할 가장 좋은 행동은 될 수 있는 한 빨리 그곳을 벗어나는 것이었다. 하지만 이미 자동차는 완전히 놈들의 시야에 잡혀 있었고 당장 차를 돌린다는 것조차 불가능했다.

보트 주위에는 눈에 보이지 않는 움직임이 벌써부터 시작되고 있었다.

보란은 메리 칭의 다리를 옆으로 밀치고 브레이크를 밟았다. 그는 자신이 큰 실수를 저질렀다는 걸 인정하지 않을 수 없었다. 그는 샌프란시스코 시내에서 해야만 할 일이 있었다. 그러나 그는 그것을 등한히 하고 미녀들과 소살리토로 왔다. 그가 밀림을 헤치며 나아갈 때 반드시 필요한 조심성을 잠깐이나마 망각한 이유는 무엇인가? 곰곰이 생각한 결과 보란은 자신이 너무도 외로운 존재이고 그 고독함에 싫증이 난 것이라는 결론을 내렸다.

그러나 고독은 그와는 뗄래야 뗄 수 없는 관계에 있었다. 그가 벌이고 있는, 이길 가능성이 극히 희박한 전투에서 살아 남으려면 그 고독을 벗삼아 혼자 힘으로 싸워 나가는 수밖에 없었다. 그런데 그는 잠깐 동안이나마 한 사람으로 된 군대로서의 막중한 책임을 저버렸던 것이다.

보란은 마음속으로 자신의 경솔함을 신랄하게 꾸짖었다. 아무튼 이대로 당할 순 없었다. 보란은 그런 상황에서 택할 수 있는 유일한 방법을 쓰기로 했다.

최선의 방어는 최상의 공격일뿐이었다.

「모두 내 말을 잘 들으시오. 내가 차에서 튀어나가면 아가씨들은 반대 방향으로 내리시오. 그리고 내가 신호를 하면 물속으로 뛰어들어 숨어 있으시오.」

보란은 뒷좌석으로 넘어갔다. 신디와 판다는 한쪽으로 비켜 앉으며 보란의 행동을 지켜보았다.

보란이 뒷좌석으로 가며 차창으로 바깥을 살펴보니 마피아임에 분명한 놈들이 탄 승용차가 약 50야드 뒤쪽에 주차해 있었다. 보란은 재킷을 잽싸게 벗어 던지고 뒷좌석 밑에서 무기를 꺼냈다. 그는 탄띠를 어깨에 걸치고 경기관총을 단단히 움켜쥐었다.

샌프란시스코 전투의 제3막이 오르려는 찰나였다.

# 17
## 소살리토 전투

맥 보란은 일단 뒤쪽을 지키고 있는 놈들부터 처치하기로 결정했다. 마침 놈들의 승용차는 보란이 갖고 있는 경기관총의 사정거리 내에 있었다. 놈들은 그런 공격은 생각조차 못 하고 있을 것임에 틀림없었다.

보란은 경기관총의 총구로 뒷차창을 깨뜨림과 동시에 방아쇠를 힘차게 잡아당겼다.

차 안에 타고 있던 사내들은 예기치 못했던 총격에 서로 먼저 차에서 내리려고 아우성을 쳤다. 그들 중 한 사내가 리볼버로 미약하게 응사해 왔다. 그러나 그 응사는 꼭 보란을 맞히겠다는 게 아니라 공격에 대한 반사적인 반응일 뿐이었다.

보란도 그 점에선 마찬가지였다. 그가 총을 쏘아 대는 목적은 꼭 차 안의 놈들을 없애 버리기 위해서가 아니었다. 그것은 그가 차에서 뛰쳐 나가려는 예비 동작에 불과했다.

그는 차 문을 발로 걸어차면서 땅바닥으로 몸을 날려 두어 번 굴렀다. 그러고는 재빨리 일어나 바로 앞에 보이는 나무 뒤로 뛰어가 몸을 숨겼다.

차에서 사내들이 허둥지둥 나오는 것을 지켜보며 보란은 탄띠에서 수류탄을 하나 꺼내 이빨로 안전핀을 뽑은 다음 그 차를 향해 힘껏 집어 던졌다. 수류탄은 자동차 바로 옆에 떨어져 데굴데굴 굴러가더니 요란한 폭발음을 내며 터졌다.

마피아들이 타고 있었던 차는 한 번 기우뚱하긴 했으나 옆으로 쓰러지진 않았다. 그러나 차의 거의 반이 폭발로 인해 형편없이 찌그러져 버렸다.

차 안에는 그때까지도 두 명의 사내가 타고 있었는데 갑작스런 폭발로 차가 뒤뚱거리자 이젠 끝이라고 생각했는지 비명을 질러 대기 시작했다.

차에서 내린 사내들은 제각기 무기를 꺼내 들고 보란이 숨어 있는 나무 쪽으로 달려왔다. 보란이 움켜쥔 기관단총에서 시퍼런 불꽃이 마구 뿜어져 나왔다. 경쾌한 경기관총의 사격음과 사내들의 처절한 비명이 함께 어우러져 소살리토의 하늘에 울려 퍼졌다.

한낮의 살육전. 그것은 동화 속에나 나옴직한 아름다운 마을에는 전혀 어울리지 않는 단어였다. 그러나 죽느냐 죽이느냐 하는 현장에서는 아름다운 것들만 생각하고 있을 여유가 없었다.

마피아의 차에서 두 번째 폭발이 일어났다. 이번에는 기름 탱크 쪽에서 시커먼 불기둥이 치솟아 올랐다. 곧 이어 또 한 번의 폭발과 함께 차는 산산조각이 나버렸다.

음산한 소리를 내며 타오르는 불길은 처절한 비명을 삼켜 버렸다.

뒤쪽의 적들을 전멸시킨 보란은 자신의 자동차 쪽에 대고 소리쳤다.

「빨리 물속으로 뛰어들어!」

보란은 나무와 나무 사이를 지그재그로 뛰어가며 경기관총을 난사했다. 자신에게 적들의 모든 관심을 집중시켜 놓고 여자들이 빠져 나갈 수 있도록 하기 위해서였다.

보란의 의도대로 보트 쪽에 숨어 있는 놈들의 총구가 그에게로 집중되었다. 상당히 매서운 반격이었다. 날카로운 휘파람소리가 정신없이 귓전을 스치고 지나갔다. 나무 뒤에 필사적으로 몸을 숨기고 있었음에도 셔츠 자락 끝에 총알 구멍이 났고 머리카락도 몇 가닥 잘려 나갔다. 나뭇조각들이 먼지처럼 눈앞에 흩뿌려졌다.

보란은 마피아들의 반격이 주춤한 틈을 타서 미리 보아둔 커다란 바위를 향해 몸을 날렸다.

보란은 바위 그늘에 스며들어 뜨겁게 달아오른 총구를 잠시 식히며 탄창을 갈아 끼웠다.

소총을 든 사내의 상반신이 보였다. 그 사내는 선실의 지붕 위로 올라가 보란의 위치를 파악하기 위해 두리번거리고 있었다.

보란은 한숨 돌리며 보트에 이르는 통로를 흘끗 쳐다보았다. 바로 그 순간 잠시 침묵을 지키고 있던 놈들의 총구가 일제히 불을 뿜기 시작했다.

보란은 놈들이 숨어서 총을 쏘아 대고 있는 방향을 알아내기 위해 온 신경을 곤두세웠다. 놈들은 다섯 무리 정도로 나뉘어 보란이 웅크리고 있는 바위에 집중 사격을 해대는 것 같았다. 무섭게 날아드는 총알에 보란은 꼼짝도 할 수 없었다.

보란은 한숨을 내쉬며 해변 쪽을 훔쳐보았다. 두 개의 머리가 물거품을 헤치며 나아가고 있었다. 하지만 메리 칭은 어디로 갔는지 보이지 않았다.

신디는 보트 쪽으로 헤엄쳐 가더니 배에 대고 소리를 질렀다.

「얘들아, 나와봐! 모두 나오란 말야!」

순간 선실 지붕 위에 있던 사내의 총구가 그녀를 향해 돌아갔다.

보란 쪽에 집중되었던 총구는 잠깐 침묵을 지켰다. 그때를 놓치지 않고 보란은 지붕 위의 사내에게 뜨거운 납덩이들을 선사했다. 사내는 총을 거머쥔 채 앞으로 고꾸라져 보란의 시야에서 사라졌다.

「위험해! 빨리 물속으로 들어가요!」

보란은 신디를 향해 소리쳤다.

그러나 보란이 경고하기 전에 신디는 이미 물속으로 모습을 감추어 버렸다.

샌프란시스코 만의 물은 유난히 차가워 그녀들은 뼛속까지 스미는 추위를 간신히 참고 있을 것임에 틀림없었다. 하지만 그렇게 해서라도 죽음과 멀어질 수 있다면 얼마나 다행한 일인가!

보란은 메리 칭의 행방이 몹시 궁금했지만 지금으로선 어쩔 도리가 없었다.

그가 박살낸 마피아의 자동차에선 아직도 시커먼 연기와 함께 불길이 솟아오르고 있었다.

보란이 몸을 숨기고 있는 바위를 향해 여전히 놈들은 총을 쏘아 대고 있었다. 짐작하건대 놈들의 수효는 열다섯 명 내지 스무

명쯤 되는 것 같았다. 그리고 보트 안에도 몇 놈 더 숨어 있을지 도 몰랐다.

샌프란시스코 시내는 약 1마일 정도 떨어져 있었다. 자동차에 서 치솟는 불길과 콩 볶는 듯한 총소리 때문에 언제 경찰이 달려 올지 알 수 없는 상황이었다.

하지만 아무리 맥 보란이라 하더라도 자신에게 집중된 총구를 피해 연기처럼 사라질 수는 없었다. 그리고 지금 자신을 보호하 고 있는 바위가 언제까지나 엄폐물의 구실을 해줄 순 없음을 그 는 잘 알고 있었다. 어쩌면 보란이 속수 무책으로 바위 그늘에 웅크리고 있는 그 순간에 놈들은 그의 뒤를 치기 위해 이동하고 있을지도 몰랐다.

그런 생각이 들자 보란은 가만히 있을 수만은 없다고 판단했 다. 보란은 유인 작전을 쓰기로 작정했다.

그는 허리띠를 풀어 경기관총의 총신에 맨 후 바위 위로 던져 올렸다. 즉각적인 반응이 왔다. 두세 자루의 라이플이 신경질적 으로 울부짖었다. 보란은 잽싸게 총을 끌어내림과 동시에 가장 공격하기 쉬운 방향으로 불꽃을 퍼부었다.

피투성이가 된 사내의 모습이 나무 사이에서 불쑥 나타나더니 썩은 나무토막처럼 나동그라졌다.

보란은 같은 동작을 두세 번 되풀이했다. 그것은 자신이 생각 하기에도 구역질나는 짓이었다. 맥 보란의 전투 방식은 그런 조 잡한 것이 아니었다.

이젠 놈들도 그의 의도를 알아차린 듯했다. 놈들은 보란의 숨 통을 바짝 죄기 위해 보다 유리한 위치로 이동해 가는 것 같았 다. 보란은 놈들의 움직임을 살펴보고 싶었지만 지금으로선 모든 것을 두 귀에 의존하는 수밖에 없었다.

별안간 보란의 뒤쪽에서 소름 끼치는 총소리가 들려 왔다. 그는 반사적으로 고개를 홱 돌렸다. 순간 바위 오른쪽에서 사내 세 명이 피를 튀기며 널브러지는 것이 보였다.

보란은 기관단총을 들고 서 있는 메리 칭을 바라보며 의외라는 듯 눈썹을 치켜 올렸다. 그녀는 영화배우들과 함께 물속에 뛰어들지 않고 그들이 타고 온 자동차 뒤쪽에 숨어 있다가 보란의 옆구리를 공격하려 했던 놈들을 쓸어 버린 것이다.

보란은 벌떡 일어나 앞쪽에 대고 경기관총을 맹렬히 갈겨 댔다. 탄창이 빌 때쯤 메리 칭은 바위 뒤에 몸을 감출 수 있었다. 보란도 재빨리 고개를 숙였다.

「당신은 계속 측면을 맡으시오.」

보란은 목소리를 무뚝뚝하게 꾸며 말했다.

「염려 마세요.」

그녀는 야무지게 대꾸하곤 입을 꼭 다물었다.

메리 칭의 지원 사격 덕분에 보란은 놈들을 효과적으로 공격할 수 있게 되었다. 그녀는 총을 많이 다루어본 듯 뜻밖에 큰 힘이 되어 주었다.

이제 행운의 여신은 맥 보란에게 승리의 미소를 던지고 있었다.

놈들은 전세(戰勢)가 갑자기 뒤바뀌자 작전을 달리 하려는 듯 부산하게 움직이기 시작했다. 보란은 메리 칭이 놈들 쪽으로 죽음의 불꽃을 날리는 동안 조심스레 고개를 내밀고 주변을 살펴보았다.

물속에는 열 명도 넘을 것 같은 여자들이 헤엄쳐 가고 있었다.

여자들의 젖은 머리칼이 밝은 태양 아래 영롱하게 반짝였다. 그
녀들은 보트 속에 있던, 신디와 판다의 친구들인 것 같았다.

「좋아. 잠깐 사격 중지!」

보란은 메리 칭에게 말했다.

나무 뒤에 숨어 있던 사내들은 기회를 놓칠세라 바삐 보트 쪽
으로 몰려갔다. 8명이었다.

「당신은 여기 있어요.」

보란은 경기관총에 새 탄창을 끼우며 말했다. 여자는 아무 말
없이 고개만 끄덕였다.

보란은 자세를 낮추고 빠른 걸음으로 보트 쪽으로 전진하여
보트에서 약 10야드쯤 떨어진 곳에 이르자 커다란 나무 뒤에 몸
을 찰싹 붙이고 사내들이 몰려 들어간 보트를 관찰했다.

가까이서 보니 그것은 배라고 이름 붙이기엔 너무 빈약한 것
이었다. 커다란 통나무를 엮어 만든 뗏목 위에 선실을 지어 놓았
다는 표현이 옳을 듯싶었다.

아무튼 그 보트는 굵은 로프로 육지와 연결되어 있었고 허술
해 보이는 널판이 배로 건너가는 다리 구실을 했다.

보란은 보트를 나무에 묶어 놓은 로프에 대고 경기관총을 갈
겼다. 하우스 보트는 한 번 출렁하더니 물살을 따라 서서히 떠내
려가기 시작했다. 배가 바다 쪽으로 옮겨감에 따라 갑판에 걸쳐
놓았던 다리도 배를 따라 바다로 흘러가다가 물속에 가라앉아 버
렸다.

보트 안에서 당황해 어쩔 줄 몰라 하는 사내들의 목소리가 터
져 나왔다. 한 사내가 선실 창문으로 고개를 내밀고 밖을 내다보
았다.

「빌어먹을!」

사내는 욕설을 내뱉으며 다시 선실 안으로 사라졌다.

메리 칭은 재미있어 죽겠다는 듯 손뼉을 치며 깔깔댔다.

보트는 점점 속도를 더하며 멀어져 갔다. 갑판 위에 세워져 있던 〈바다를 구하자!〉라는 표지판은 다리가 물속에 잠길 무렵에 같이 물속으로 떨어졌다.

선실에서 한 사내가 튀어나오더니 발을 구르며 고래고래 고함을 질러 댔다. 보란은 그 보트는 신경 쓰지 않고 내버려두기로 했다. 그 상태로 조금만 더 떠내려간다면 보란이 달리 손을 쓰지 않더라도 해안 경비대가 그들을 반갑게 맞아줄 테니까.

멀리서부터 사이렌 소리가 들려 오자 보란은 빨리 그곳을 벗어나야겠다고 판단하고 차를 향해 뛰어갔다. 메리 칭도 그의 뒤를 따랐다.

보란은 생각에 잠긴 얼굴로 묵묵히 무기들을 챙겨 뒷좌석 시트 밑에 쑤셔 넣은 후 운전석에 올랐다. 그러고는 메리 칭이 옆자리에 타자마자 차에 시동을 걸었다.

「이 차는 망가지지 않아 다행이에요.」

메리 칭은 보란의 옆모습을 바라보며 미소 지었다.

보란은 차를 후진시키다가 온몸에서 물이 뚝뚝 떨어지는 여자 두 명이 차를 향해 달려오는 걸 보곤 브레이크를 밟았다.

「물이 몹시 차가웠던 모양이군. 하지만 그 방법 외에는 달리 살아날 방도가 없었으니 이해하시오.」

「아니에요. 오히려 고맙다는 말을 하고 싶어요.」

신디는 숨을 헐떡거리며 대꾸했다. 그녀가 걸친 짧은 가운은 물에 젖어 몸에 찰싹 달라붙어 있었기 때문에 풍만한 몸매의 곡선이 남김없이 드러나 보였다. 물에 젖어 번들거리는 미끈한 다리에는 소름이 돋아 있었다.

「별 말씀을!」

보란은 가볍게 대꾸했다.

「난 정말 몰랐어요.」

신디가 물이 흐르는 가운 끝을 쥐어짜며 말했다.

「뭘?」

「토머스 베리치 씨와 그의 친구들이 악당인 줄은 꿈에도 생각지 못했다구요.」

「항만 보호 회사라는 것도 눈가림에 불과하지. 앞으론 쉽게 속아 넘어가지 않도록 주의하시오.」

「그래요. 난 너무 쉽게 사람을 믿는 게 탈이에요.」

「저……」

신디 곁에 고개를 떨구고 서 있던 판다가 입을 열었다.

사이렌 소리가 점점 다가오고 있었다. 보란은 판다에게 말을 해보라는 듯 고개를 가볍게 끄덕여 보였다.

「나도 고맙다는 얘길 하고 싶어요. 진심이에요.」

판다는 아직도 물이 떨어지는 금발을 두 손으로 쓸어 넘기며 보란의 시선을 외면했다. 풍만한 가슴 위의 돌기가 꼿꼿하게 서 있는 게 또렷이 보였다.

「자, 이제 당신들도 이곳을 떠나도록 하시오. 그 망할 놈들이 또 올지도 모르니까.」

보란은 얼굴 표정을 조금 누그러뜨리며 말했다.

「우리도 어서 떠나요.」

사이렌 소리가 훨씬 가깝게 들리자 메리 칭은 몹시 초조한 듯 손바닥을 마주 비비며 보란을 재촉했다.

「우리가 당한 일을 경찰이 캐묻는다면 어떻게 대답해야 하죠?」

신디가 걱정스런 얼굴로 물었다.

「이거면 다 해결될 거요.」

보란은 그녀의 손에 저격수 메달을 쥐어준 후 차를 출발시켰다.

보란은 한동안 입을 꾹 다문 채 운전에만 열중했다. 샌프란시스코 전투의 제3막을 장식했던 현장에서 어느 정도 멀어지자 보란은 비로소 안도의 한숨을 내쉬며 중국 여자에게 말을 붙였다.

「산 채로 빠져 나올 수 있어서 얼마나 다행스러운지 모르겠소.」

「할 얘긴 그것뿐인가요?」

「살았다는 게 불만스러운 거요?」

보란은 웃음을 머금으며 대꾸했다.

「당신은 정말 목석 같은 사내예요. 여자의 기분 따위는 아랑곳하지 않죠?」

메리 칭은 볼이 잔뜩 부어 투덜거렸다.

「당신의 도움이 없었더라면 아직도 그곳에서 놈들과 전쟁놀이를 하고 있을 거요. 앞으로도 당신이 내 측면 지원을 해도 좋다는 허락을 하겠소. 이젠 됐소?」

보란은 그녀의 목소리에 담겨 있는 장난기를 눈치 채고 짐짓 짓궂게 말했다.

「조금 낫군요.」

메리 칭은 웃음을 터뜨렸다.

그들이 탄 차는 어느새 금문교의 진입로에 올라 있었다.

「이제 버니 깁슨 경감에게 연락할 때가 되었소. 어떤 얘길 해야 하는지 잊지 않았겠죠?」

「물론이에요.」

「공중전화 부스가 보이면 차를 세워 주겠소.」

「보란.」

「말해 보시오.」

「정말 나에게 할 얘기가 그것뿐이에요?」

그녀는 묘한 미소를 띠우며 애교 있게 말했다.

「내가 잊은 거라도 있단 말이오?」

「내가 당신을 지원 사격해 준 데 대한 보답으로, 그리고 앞으로 연락 책임을 맡을 사람에 대한 예의로 키스 정도는 해줄 수 있지 않을까요?」

그녀는 달콤한 목소리로 속삭이듯 얘기했다.

보란은 웃음보를 터뜨리며 더욱 힘차게 액셀러레이터를 밟았다.

보란은 금문교를 건너가 큰길을 벗어나 주차 구역으로 차를 몰았다. 그는 길 옆에 차를 세우고 메리 칭을 힘차게 끌어안았다. 그러고는 부드럽게 그녀와 입술을 포갰다. 그녀의 입술이 꽃잎처럼 벌어지자 보란의 뜨거운 혀가 그녀의 고른 치아를 거쳐 입 속으로 가득 밀려들었다. 그들은 서로가 살아 있음을 그것으로 확인하려는 듯 길고 긴 입맞춤을 했다.

「자. 이제 전화를 해야지?」

보란은 메리 칭을 떼어내며 속삭였다.

「아쉽군요.」

그녀는 비단결 같은 검은 머리칼을 쓸어 넘기며 말했다.

그때 큰길 쪽에서 붉은 경고등을 번쩍이며 경찰차의 행렬이 쏜살같이 금문교를 향해 달려가는 게 보였다. 그 행렬의 선두에 검은 피부의 사내가 타고 있는 것을 보란은 놓치지 않았다.

「경찰의 기동력은 점점 우수해지고 있어요. 경찰은 틀림없이 바리케이드를 칠 텐데, 당신 괜찮겠어요?」

메리 칭은 고개를 돌려 경찰차의 행렬을 바라보며 근심스런 표정을 지었다.

「오늘은 운이 좋은 날이오. 앞으로도 별일 없을 거요.」

보란은 조용히 대꾸했다.

「그렇게 되길 빌어야겠죠. 그보다 보란, 너무 무리하진 마세요. 제발 조심하시구요.」

중국 여자는 차에서 내렸다.

보란은 아무 염려 말라는 듯 클랙슨을 두어 번 울린 후 차의 속력을 올렸다.

도로를 달리는 차들은 대부분 보란과 반대 방향으로 가고 있었다. 퇴근 무렵이었으므로 사람들이 도심을 빠져 나가는 것은 당연한 일이었다.

사람들이 도심을 뒤로 하고 달린다 해서 보란의 전투에 차질이 생기는 건 아니었다. 왜냐하면 그가 목표로 삼고 있는 놈들은 그대로 시가지에 남아 있을 것이기 때문이었다.

만일 보란이 어디를 향해 가고 있는지 버니 깁슨이 안다면 그를 그대로 내버려두지 않을 것임에 틀림없었다. 그러나 보란은 어떠한 장애물이 있더라도 한번 마음먹은 일은 꼭 해내고야 마는 성격이었다.

그는 메리 칭보고 깁슨 경감에게 애송이 녀석들을 잡을 수 있는 장소와 방법을 귀띔해 주라고 했다. 그 덩치 큰 항만 경찰서장이 졸개들을 쓸어 없애는 동안 보란은 자신이 계획한 일을 하기로 이미 작정하고 있었다.

그러나 미심쩍은 일이 전혀 없는 것은 아니었다. 그 앙증스런 중국 여자만 해도 완전히 이쪽 편이라는 확신이 서지 않았다.

보란은 모든 일을 명쾌하게 마무리짓고 싶었다. 샌프란시스코에서의 전투는 이제 막바지를 향해 숨가쁜 고비를 넘고 있었다.

# 18
## 흥 정

맥 보란은 엘리베이터 문이 열리자마자 기관단총을 단단히 움켜쥐고 복도로 뛰쳐나갔다. 엘리베이터가 빤히 바라보이는 곳에 의자를 갖다 놓고 앉아 있던 경비원은 눈알이 튀어나올 것 같은 표정으로 벌떡 일어섰다. 보란은 숨돌릴 틈도 없이 그 사내에게 달려들어 소음기가 부착된 기관단총의 총구를 사내의 관자놀이에 꽉 붙였다.

「네가 어떻게 하느냐에 따라 내 행동이 결정되는 거야!」

보란은 얼음처럼 차가운 목소리로 말했다.

「그래, 난 좀더 오래 살고 싶어.」

사내는 의외로 또렷한 소리로 대답했다.

「방 안에 있는 놈은 누구누구야?」

보란은 한점 빈틈도 없는 목소리로 물었다.

「보스뿐이야.」

　사내는 태연한 체하려고 무진히 애를 쓰고 있었으나 공포 때문에 식은땀이 비오듯 쏟아지는 건 어찌할 수 없었다.

「그 밖엔?」

「없어.」

「믿어도 될까?」

「이런 판국에 거짓말을 해서 이익 볼 것 없잖아!」

「좋아. 일단 믿기로 하지. 그러나 만일 거짓말이었다는 게 확인되면 네놈은 그걸로 끝장이야.」

「그럼 빨리 들어가 알아보라구.」

　사내는 보스의 방문을 홀끗 곁눈질했다.

「다른 놈들은 어디로 사라졌는지 그것도 얘기해 주면 좋겠어.」

　보란은 사내를 지그시 노려보며 말했다.

「모두 당신을 찾으러 나갔어. 그런데 아무래도 당신은 때를 잘못 선택한 것 같아. 여기가 어딘 줄이나 알고 날뛰는 거야? 그것도 벌건 대낮에.」

「너무 말이 많은 것도 신상에 해로워. 너의 보스는 벌써 죽음을 당했어야 옳아. 모르긴 해도 너도 방 안에 있는 놈을 별로 좋아하지 않을 걸?」

「좋아하든 좋아하지 않든 간에 그는 내게 돈을 주거든. 그가 저 세상으로 간다면 난 돈을 못 받게 된다구.」

　사내는 무뚝뚝하게 대꾸했다.

　보란은 갑자기 사내의 배에 주먹을 한 방 먹였다. 기습을 당한 사내가 신음도 지르지 못하고 배를 감싸쥐며 앞으로 고꾸라지자 보란은 기관단총으로 사내의 뒤통수를 거세게 후려쳤다. 사내는 매끄러운 복도에 큰대 자로 뻗어 버렸다.

보란은 방문을 조용히 열었다.

방안에는 조니 캐슈의 감상 어린 목소리에 실린 내슈빌 뮤직이 흐르고 있었다. 홈 바에는 불이 밝게 켜져 있었고 바 위에 담배꽁초가 가득 찬 재떨이와 술잔들이 너저분하게 흩어져 있는 게 보였다.

보란은 두꺼운 카펫이 깔린 거실을 가로질러 베란다 쪽으로 갔다. 베란다 너머로 샌프란시스코 시내가 한눈에 들어왔다. 그곳에서 아래를 굽어보며 살다 보면 자신이 그 도시의 제왕이 된 듯한 착각에 빠질 법도 하겠다는 생각에 보란은 쓴웃음을 지었다.

베란다에 있는 커다란 안락 의자에는 소매를 팔굽까지 걷어붙인 한 사내가 편안한 자세로 드러누워 아름다운 항구 도시의 정취를 즐기고 있었다. 사내의 허리춤에는 진주가 박힌 리볼버의 손잡이가 비어져 나와 있었다.

보란은 거실에서 베란다를 통하는 문 앞에 서서 조용히 사내를 불렀다.

「로렌티스!」

「누구야?」

긴장이 풀어진 듯한 자세로 의자에 늘어져 있던 사내는 목을 뒤로 돌렸다.

그러나 베란다 문 가에는 대형 화분이 있었고 보란은 그 뒤에 서 있었기 때문에 그의 눈에 보란의 모습은 보이지 않았다.

「나다.」

「어떤 놈이야?」

프랑코 로렌티스는 짜증 섞인 목소리로 소리치며 벌떡 몸을 일으켰다.

보란은 기관단총의 방아쇠에 손가락을 건 채 앞으로 나섰다. 순간 로렌티스는 퉁기듯 의자에서 일어났다. 그의 오른손은 자신도 모르는 새 진주가 박힌 총의 손잡이를 잡고 있었다.

「그걸 뽑아 드시려고? 어서 그렇게 해보시지.」

보란은 시커먼 총구를 로렌티스에게 들이대고 비아냥거렸다.

「잠깐! 잠깐만 기다려. 얘기 좀 하자구!」

로렌티스는 슬그머니 총에서 손을 떼며 떨리는 목소리로 말했다.

「말이란 건 값이 싼 거야.」

보란의 목소리는 얼음장 같았다.

「언제나 그런 건 아니야. 때에 따라선 비싸질 수도 있다구. 이봐, 난 당신 같은 스타일의 사내를 좋아해. 사내라면 한번쯤 생각해봄직한 삶이 아니겠나?」

「고맙군.」

보란은 코웃음을 쳤다.

「난 당신이 데마르코 영감을 공격한 것에 대해선 조금도 나쁘게 생각지 않아. 진심이라구. 왜냐하면 나 자신부터가 영감을 쓰러뜨리려는 생각을 한 적이 있으니까.」

「흥정을 하자는 건가? 그것도 좋겠지. 그래, 얼마나 내놓을 수 있나?」

보란은 아무런 감정도 없는 목소리로 대꾸했다.

〈미치광이〉 프랑코 로렌티스는 보란이 진심으로 자신의 얘기를 받아들이고 있는지 알아보려는 듯 그를 빤히 쳐다보았다. 로렌티스의 눈동자에는 장사꾼이 잇속을 따질 때와 같은 야비함이 떠올라 있었다.

「우린 좋은 파트너가 될 수 있어. 그렇지 않아?」

로렌티스는 보란의 눈치를 보며 슬며시 총으로 손을 가져갔다. 보란은 그의 움직임을 낱낱이 지켜보고 있다가 기관단총의 총구를 위협적으로 들이댔다.

「로렌티스, 서툰 짓은 하지 말라구. 넌 나와 흥정을 할 자격이 없어. 너에게 선택의 자유가 있다고 생각하나? 넌 지금 당장 죽느냐, 아니면 약간의 창피를 감수하고 목숨을 조금 더 연장시키느냐 하는 두 가지 외엔 달리 택할 길이 없단 말이야.」

보란은 냉혹하게 현실을 일깨워 주었다.

「무슨 말을 하는 거야?」

로렌티스는 눈을 가늘게 떴다.

「능청 떨지 말라구. 진짜 내 말을 못 알아들었다면 당장 네놈의 눈 사이에 또 하나의 눈을 만들어 주마.」

로렌티스는 입술을 지그시 깨물며 베란다 너머로 그림 같은 샌프란시스코를 흘끗 내려다보았다. 그는 어디에도 도망갈 구멍이 없음을 다시 한 번 실감한 듯 보란 쪽으로 천천히 눈길을 돌렸다.

「나더러 어떡하라는 얘기야?」

「토머스 베리치와 빈센초 시프리오에게 전화를 해.」

「그래서?」

로렌티스의 눈동자는 불안을 가득 담고 데굴데굴 굴렀다.

「그들에게 네놈 밑으로 들어오라고 말해. 그럴듯하게 얘기를 꾸며야 해. 만약 내 맘에 들지 않게 어물거리다간 언제 나의 기관단총이 뜨거운 불을 뿜을지 몰라.」

「도대체…… 무슨 말을 하는 거야?」

로렌티스는 혀로 바짝 마른 입술을 축였다.

「답답하게 구는군. 네놈이 어떤 일을 꾸미고 있는지는 세상이 다 알아. 네놈과 워 판의 얘기 말이야.」

보란은 싸늘하게 쏘아붙였다.

프랑코 로렌티스는 입을 딱 벌리고 멍청한 얼굴로 보란을 바라보았다. 그는 몸을 부르르 떨더니 두 손으로 얼굴을 세차게 문질렀다.

「당신은 내 스스로 무덤을 파라고 하고 있군.」

로렌티스의 목소리는 쉬어 있었다.

「잘 생각해서 하라구, 로렌티스. 난 언제까지나 너와 말장난을 하고 있을 시간이 없어. 앞으로 30초의 여유를 주지. 그 안에 결정을 내려.」

「잠깐만 기다려줘!」

「30초라고 했어. 네가 그 멋진 총을 사용하고 싶으면 그래도 좋아.」

「내가 전화를 하고 난 뒤에 당신이 이 자리에서 날 죽이지 않는다고 어떻게 확신하지?」

「인생은 어차피 도박이야. 이제 20초 남았다, 로렌티스.」

「당신은 날 죽일 게 분명해. 여기서 그냥 나가리라곤 생각지 않아.」

「15초 남았어. 한 가지 일러 줄까? 난 네가 통화를 하고 나면 널 옷장 속에 처넣을 거야. 그때 칼도 한 자루 들여보내 주지. 그 다음의 일은 네놈이 선택하기에 달렸어. 그러나 네놈이 옷장 속에서 빠져 나왔을 무렵이면 난 벌써 이곳에 없을 걸. 자, 이제 시간이 다 되었다. 빨리 결정해.」

보란은 총을 들어올려 로렌티스의 양미간에 정조준했다. 소음 장치가 된 기관단총의 총구가 눈앞에 보이자 로렌티스는 거의 악을 쓰듯 대꾸했다.

「알았어, 알았다구! 당신이 하라는 대로 하지! 내 생애 최대의 도박이야.」

「잘 생각했어.」

보란은 로렌티스에게 다가가 진주 손잡이의 권총을 빼앗아 자신의 주머니 속에 집어넣었다.

「자, 어서 수화기를 들어.」

보란은 한 조각 인간미도 엿볼 수 없는 목소리로 명령했다. 그것이 바로 죽음처럼 싸늘한 미소를 띠고 있는 사내의 고유한 스타일이었다. 물론 로렌티스는 더 이상 그런 스타일을 좋아하지 않을 것임에 틀림없지만.

# 19
## 최후의 일격

저녁 8시.

샌프란시스코가 휘황한 네온 속에서 낮과는 다른 면모를 유감없이 보이고 있는 그 시각에 러션힐의 데마르코 저택에서도 분주한 움직임이 일고 있었다.

토머스 베리치와 빈센초 시프리오를 비롯해서 언더보스, 전투원들이 그 저택으로 달려와 열띤 토론을 벌이고 있었고 사방에서 전화를 거는 흥분된 목소리가 들려 오는 가운데 삼삼오오 모여 서서 웅성거리는 사내들의 모습이 보였다.

오후 4시경에 샌프란시스코와 버팔로, 워싱턴, 필라델피아, 보스턴, 그리고 뉴욕 등 여섯 군데 조직의 사무실 간에 장거리 전화 회담이 있었다. 그 회담에서 로먼 데마르코는 새로운 지시를 받았다. 그것은 가문간의 영역에 대한 보이지 않는 다툼이 표면화하리라는 소문이 끈질기게 나돌고 있으므로 데마르코도 그의 영역인 샌프란시스코에 대한 통제를 보다 강화하기 바란다는 내용이었다.

그리고 그는 조직 내 여러 그룹 사이의 관계를 악화시킬 가능성을 안고 있는 외부 세력과의 결탁 따위는 절대 용납할 수 없다는 경고도 받았다. 그 회담에서 맥 보란에 대한 얘기는 거론되지 않았다. 지금의 마피아들에겐 보란보다 더 시급하고 중요한 일이 있었기 때문이었다.

오후 5시쯤 베리치와 시프리오는 각기 자신의 사무실에서 로렌티스의 전화를 받고 경악을 금치 못했다. 로렌티스가 그들에게 요구한 내용은 너무도 엄청난 것이었다.

〈미치광이〉 프랑코 로렌티스는 베리치와 시프리오에게 자신은 데마르코의 세력을 뒤엎기 위한 준비를 끝냈으니 그들도 자신의 세력 아래로 들어오든지 아니면 데마르코와 운명을 같이하든지 둘 중 하나를 택하라는 최후 통첩을 보냈던 것이다.

베리치와 시프리오는 오늘밤, 자정 안으로 결정을 내려 연락하겠다는 말과 함께 일단 로렌티스와의 통화를 끝냈다. 그리고는 곧장 데마르코에게 그 사실을 보고했다.

로먼 데마르코 영감은 끓어오르는 분노를 간신히 삭이며 부하들을 로렌티스의 아지트인 호텔의 꼭대기층으로 보내 그에게 카포의 소환 명령을 전하게 했다. 그러나 데마르코의 부하들이 그 호화로운 로렌티스의 아지트에 도착하고 보니 그곳은 썰물 때의 바닷가처럼 텅 비어 있을 뿐 사람의 그림자는 어디에도 없었다.

5시 40분.

러션힐에 우뚝 솟은 저택의 서재에서는 얼굴을 잔뜩 일그러뜨린 세 명의 사내가 비밀스런 대화를 나누고 있었다. 그리고 잠시 후에는 그들 사이에 어떤 계약이 이루어진 듯했고 한 장의 문서가 피로써 서명, 날인되기에 이르렀다. 그 세 사내는 데마르코, 베리치, 시프리오였다.

그 일이 있은 직후에 간략한 암호로 만들어진 전화 연락이 데마르코 저택으로부터 샌프란시스코 시내와 로스앤젤레스, 라스베이거스, 시애틀, 호놀룰루 등지로 긴급히 보내졌다.

다른 한편에서는 비공식적인 3자 회담에 관한 얘기와 프랑코 로렌티스의 도전에 대한 소문이 샌프란시스코 시내에 좍 퍼졌고 그 때문에 로렌티스 밑에서 까불대던 놈들은 행여 불똥이 튈까 두려워 약속이나 한 듯 자취를 감추어 버렸다.

동시에 로렌티스가 행동대장으로 있으면서 맥 보란을 잡기 위해 쳐놓았던 수색 포위망은 완전히 무너지고 말았다.

6시가 조금 지난 시각에 로먼 데마르코는 또 다른 좋지 못한 소식을 들었다.

항만 지구 경찰서장인 버니 깁슨이 무슨 마음을 먹었는지 차이나 타운에 대대적인 손질을 가하기 위하여 은밀한 준비를 하고 있다는 것이었다.

몇 분 뒤, 그 정보를 전한 사내에게서 보다 상세한 보고가 들어왔다.

깁슨 경감은 내일 새벽에 샌프란시스코 만과 그 주위의 중국인 지역에 대한 기습을 구상중이며 비밀리에 영장을 준비하고 있다는 내용이었다.

그리고 그 작전은 깁슨 경감의 관할과 인접해 있는 구역의 협조 아래 행해진다고 했다.

6시 20분에 로먼 데마르코는 주치의를 불렀다. 그 노인은 벌써부터 고혈압으로 고생하고 있었는데 여러 가지 나쁜 소식을 한 꺼번에 접하게 되자 그의 낡은 심장이 충격을 이겨 내지 못하고 기능에 이상을 보이기 시작했기 때문이었다.

그의 주치의가 치료를 마치고 저택을 떠날 무렵, 자신을 맥 보란이라고 밝힌 사내로부터 전화가 걸려 왔다. 전화를 받은 사내는 바짝 긴장하여 재빨리 전화를 서재로 연결시켜 주었다. 베리치가 전화를 받았다.

「데마르코와 인연을 맺고 있는 놈들은 오늘밤, 자정 안으로 끝장이 난다.」

보란의 말은 단 한마디뿐이었지만 소름 끼치는 싸늘한 목소리로 베리치의 전신에서 식은땀을 짜내게 했다.

데마르코 저택은 그 전화 때문에 발칵 뒤집혀졌다. 노인은 긴급 사태에의 대응책을 마련하기 위해 간부들을 서재로 불러 모았다.

나머지 사내들은 저택의 안팎에 물샐틈없는 경계망을 펼쳤다. 그들은 입을 조심하느라 침묵을 지키고 있었지만 그들의 얼굴에는 불안과 긴장과 공포가 역력히 드러나 있었다.

저녁 7시.

데마르코 저택엔 휘황하게 불이 밝혀지기 시작했다. 그곳의 서재에는 그때까지도 뜨거운 토론의 열기가 식을 줄 몰랐다. 그들은 오늘밤에 일어날 예측할 수 없는 사태의 심각함을 누구보다 잘 알고 있었다. 그들은 붉은색 전화통에 매달려 있는 보스를 물끄러미 쳐다보았다.

지금 데마르코와 통화를 하고 있는 사내는 문자 그대로 베일 속의 인물이었다. 샌프란시스코의 공식 카포인 데마르코일지라도 커다란 문제에 부딪치게 되면 그 사내와 반드시 의논을 하도록 되어 있었다.

「이젠 됐어.」

노인은 긴 통화를 끝내고 한숨을 내쉬었다. 그는 끈끈한 침묵 가운데 자신을 지켜보고 있던 사내들을 둘러보며 다시 말했다.

「한 시간 안에 우릴 만나 주겠다고 했어. 그러나 우리만 갈 게 아니라 워 판도 같이 가자고 해야겠다.」

데마르코는 피곤한 얼굴로 의자에 몸을 묻으며 시프리오에게 전화를 하도록 지시했다.

다니엘 워 판과 직접 통화는 하지 못했으나 8시 10분경에 데마르코의 제의에 동의한다는 대답이 왔다.

이제 그들은 앞으로 닥칠 운명이 어떤 것이든 같이 감수해야만 할 입장이었다.


맥 보란은 차내 라이트까지 끈 채 운전석에 앉아 있었다. 데마르코 저택의 정문을 빠져 나오는 세 대의 리무진이 보이자 그는 신경을 바짝 곤두세우고 그 차들을 관찰했다.

리무진들은 미끄러지듯 현관을 빠져 나와 차례로 차량의 홍수 속으로 스며들었다. 보란은 적당한 간격을 유지하며 그 뒤를 따르기 시작했다.

리무진들은 얽히고 설킨 미로(迷路)로 유명한 롬바드 가로 접어들어 얼마를 더 달리다가 차이나 타운의 입구에 이르러 일단 멈추어 섰다. 한 건물 뒤에서 두 명의 동양인이 나타나 맨 앞차에 타자 그들은 한 대의 리무진을 그 자리에 남겨둔 채 움직이지 시작했다. 보란은 눈치 채이지 않게 주의를 기울이며 세크레멘

토 가를  달려나가는 두 대의 리무진에 따라 붙었다.

그들은 마케트 가를 지난 트윈 피크스로 가는 갈림길에 이를 때까지 계속 달려나갔다. 거기에서 다시 한 대는 뒤로 처지고 맨 앞차만 언덕길을 올라가기 시작했다.

트윈 피크스는 샌프란시스코에 들른 사람이라면 누구나 한 번쯤은 찾는 관광의 명소였다. 그곳은 이름에서 나타나 있는 것처럼 두 개의 언덕이었다. 그것도 멋없이 불쑥 솟아 있는 것이 아니라 여인의 풍만하고 부드러운 가슴의 곡선을 연상시키는 그런 언덕이었다. 그 언덕의 맨 꼭대기에 오르면 샌프란시스코는 물론이고 무한대로 탁 트인 태평양을 마주하게 되어 가슴이 활짝 열리는 듯한 느낌을 받게 된다.

특히 그곳에서 보는 샌프란시스코의 야경은 경탄의 소리가 저절로 나오게 하는 것이었다. 그 때문에 트윈 피크스 일대는 연인들이 사랑을 속삭이는 장소로 즐겨 찾곤 했다. 하지만 도시가 점점 커지고 그에 비례하여 범죄도 폭발적으로 늘어남에 따라 지금은 데이트와 같은 낭만을 즐기기엔 위험한 장소로 변해 있었다. 그렇다고 해도 트윈 피크스에서 내려다보는 샌프란시스코는 여전히 절경이었다.

보란도 예전에 여러 번 그곳을 찾았었다. 그러나 지금 그가 그곳을 찾은 이유가 그때와 일치하지 않음은 서글픈 일이었다. 지금 그의 마음에는 세상의 아름다운 것들을 즐길 만한 여유가 없었다. 그의 마음에서 생존에의 본능과 악의 무리들에 대한 분노의 불길만이 거세게 타오르고 있을 뿐이었다.

마피아는 정의로운 세계를 좀먹는 암적인 존재였다. 보란은 샌프란시스코를 놈들의 손아귀에서 구출해 내기 위해 그 아름다운 언덕길을 달리고 있었다.

보란은 처음 이 도시에 발을 들여놓았을 때 트윈 피크스를 전투의 한 장을 장식할 수 있는 장소로 삼고 싶다는 다소 낭만적인 생각을 가졌었다. 그런데 그의 마음을 읽기라도 한 듯 놈들은 이곳으로 차를 몰아 왔다. 보란은 놈들의 리무진이 언덕빼기를 오르는 걸 보며 차선을 바꾸어 도로변에 차를 세웠다. 놈들이 어디로 가려 하는지 짐작이 갔기 때문에 전투 개시의 시간을 맞추기 위해서였다.

보란은 백 미러로 뒤쪽을 살펴보았다. 뒤에 처진 리무진이 계속 앞차를 쫓아오고 있을 것이란 짐작이 갔지만 줄지어 달려오는 헤드라이트 물결 속에서 어떤 것이 놈들이 탄 차인지 식별하기 힘들었다.

그러나 보란의 목표는 뚜렷이 정해져 있었기 때문에 나머지 녀석들에 대해 크게 신경 쓸 필요는 없다고 판단했다.

보란은 결코 피에 굶주린 사내는 아니었다. 하지만 전투는 그의 생존 방식이었기 때문에 사형 집행을 포기할 순 없었다.

그는 다시 시동을 걸고 헤드라이트 물결 속에 스며들었다가 좁은 사잇길을 우회하여 리무진이 갔음직한 곳으로 차를 몰았다.

마침내 보란은 놈들을 눈 아래로 볼 수 있는 장소에 이르렀다. 놈들의 리무진은 푸르스름한 가로등이 환히 밝혀져 있는 주차 지역에 미등만 켜고 서 있었다. 문은 모두 닫힌 채였다.

그때 외국산(産)으로 보이는 소형 승용차가 나타나더니 리무진 앞쪽에 멈춰 섰다. 그 차에 타고 있던 사람은 단 한 명뿐인 듯했다.

그 차를 타고 온 사내는 운전석 차창을 반쯤 내리고 리무진 쪽에다 발을 건넸다. 깡패들이 설치지 못하도록 하기 위해 켜놓은 가로등은 비밀 면담을 가지려는 자들에겐 달갑지 않은 존재였다.

그러나 보란은 특별히 망원경을 사용하지 않더라도 그들의 거동을 살펴볼 수 있어 좋았다.

리무진의 옆문이 열렸다. 소형 승용차를 타고 온 사내가 좀처럼 밖으로 나오려 하지 않자 리무진에 탄 사내들이 그쪽으로 옮겨 가려는 듯했다.

운전석에 앉아 있던 토머스 베리치가 맨 먼저 내렸다. 다음으로 시프리오가 밖으로 나왔고 그 뒤를 이어 로먼 데마르코가 몸을 질질 끌며 차에서 내렸다.

데마르코 옆에 앉았던 두 명의 중국인도 가로등 불빛 아래로 나왔다. 그 중 한 명은 다니엘 워 판이었다. 그러나 나머지 한 명은 처음 보는 사내였다.

보란은 그들이 소형차로 다가가는 것을 지켜보며 무릎 위에 얹어 놓은 기관단총의 안전 장치를 풀었다. 소형차의 주인공이 밖으로 나와 놈들과 마주 설 때를 기다렸다가 결정적인 일격을 가할 작정이었다.

그 사내는 여전히 차 안에 앉은 채 마피아들과 얘기를 하기 위해 차창을 완전히 내리고 고개를 내밀었다.

바로 그 순간 보란은 불에 덴 듯 깜짝 놀랐다. 절망과 공포에 싸인 마피아들에게 따뜻한 미소를 던지고 있는 사내의 얼굴은 보란에겐 낯익은 것이었다. 그러나 보란은 자신의 눈을 의심하지 않을 수 없었다. 그와 비슷한 사내를 잘못 보았을 것이라고 생각하며 다시 한 번 사내의 얼굴을 살폈으나 틀림없는 그 얼굴이었다.

보란의 머릿속에는 지난 일들이 파노라마처럼 떠올랐다. 그 사내의 본명은 킹이 아니었다. 가증스러운 녀석! 성의라는 이늠 아래 온갖 악행을 일삼아온 놈.

수많은 사람들을 살해하고 욕보이고 굶주리게 만든 장본인이면서도 뻔뻔스럽게 자신을 위장하고 있었다니. 얼마나 많은 사람들이 저 녀석 때문에 절망의 구렁텅이에 빠져 인간 이하의 삶을 살아가는가 하는 생각이 들자 보란은 당장 놈에게 달려들어 발기발기 찢어 놓고 싶은 충동이 이는 것을 간신히 억눌렀다.

이번에야말로 반드시 처치해 버리리라. 보란은 지그시 입술을 깨물었다.

조용히 차에서 내렸다. 그는 보다 일을 확실하게 처리하기 위해 기관단총을 옆구리에 바짝 붙여 끼고 옆걸음으로 비탈을 내려갔다.

미스터 킹, 각오해라! 네가 저지른 죄의 대가를 충분히 지불하게 해주겠다. 앞으로 다시는 선량한 사람들의 눈에서 피눈물이 나오게 하는 짓은 할 수 없을 거야. 네놈은 킹이라 불릴 자격이 없어!

보란은 분노로 떨리는 가슴을 진정시키며 나무 그늘 사이로 조심스럽게 전진했다.

마피아들은 번갈아 허리를 반쯤 굽히고 차 안의 사내와 얘기를 주고받았다.

보란의 굳은 얼굴에 싸늘한 미소가 번졌다. 그는 추악한 몰골을 이끌고 다니며 세상에서 제일 잘난 체하는 데마르코를 맨 처음 목표로 겨냥했다.

소음기가 부착된 기관단총이 나지막하게 울부짖는 것과 동시에 데마르코는 이미 이 세상 사람이 아니었다. 그는 양손으로 허공을 움켜쥐는 시늉을 하다가 그대로 아스팔트 위에 나동그라졌다.

죽음의 공포에 쫓기던 사내들은 그 죽음을 눈앞에 대면하고 다급한 비명을 올리며 데마르코의 시체에서 한 발짝씩 물러섰다.

그러나 맥 보란의 심판을 피할 수는 없는 노릇! 그들도 분노 어린 섬광을 토해 내는 총구 앞에서 죄값을 치러야만 했다.

보란은 사내들에게 인정사정없이 뜨거운 납덩이를 퍼부었다.

마피아들은 미친 듯 소리를 지르며 마구 날뛰었다. 하지만 그것은 목숨이 끊어지기 직전, 최후의 발악을 하는 의미 없는 몸놀림에 불과했다.

놈들에게 시퍼런 불꽃을 선사하고 있는 보란의 머릿속에 갑자기 동생 조니의 얼굴이 떠올랐다. 그러자 보란의 가슴속에서는 도저히 감당할 수 없는 분노가 부글부글 끓어올랐다.

보란은 타오르는 분노를 모조리 놈들에게 털어 버리려는 듯이 기관총을 작렬시켰다.

놈들은 이미 쓸모 없는 고깃덩이가 된 채 널브러져 아스팔트를 붉게 물들이고 있었지만 보란은 탄창이 빌 때까지 계속 기관단총을 갈겼다.

빈 탄창이 발 밑에 떨어졌다. 보란은 그제야 총구를 거두고 자신이 내린 피비린내 나는 심판의 현장을 핏발 선 눈으로 내려다보았다.

보란은 천천히 소형 승용차 쪽으로 걸음을 옮겼다. 그러고는 차 안을 들여다보며 미스터 킹이 완전히 숨이 끊어졌는지를 확인했다.

「맥 보란은 약속을 꼭 지킨다!」

보란은 냉랭한 목소리로 중얼거렸다.

그때 뒤쪽에서 갑자기 인기척이 났다.

「미스터 킹은 죽었나, 중사?」

맥 보란은 천천히 뒤돌아섰다.

월남 전우인 빌 필립스 경사의 검은 얼굴이 보란을 향해 싸늘한 미소를 짓고 있었다.

「자네였군.」

보란은 침착하게 대꾸했다.

「그래. 난 늘 자네의 신변에 관심을 기울이고 있지.」

필립스 경사는 모자를 뒤로 젖히며 얼굴을 잔뜩 일그러뜨렸다.

「내가 여기 온 건 어떻게 알았나?」

「깁슨 경감을 통해서야. 직접 가르쳐 주진 않았지만 나도 이제껏 눈치로 살아온 놈이라구.」

필립스 경사는 벨트에서 권총을 꺼내 들었다.

「아직도 자네는 날 체포할 생각인가 보군.」

보란은 탄창 없는 기관총을 한쪽으로 팽개치며 담담하게 말했다.

「그게 내 임무야.」

필립스 경사는 어깨를 으쓱하며 말을 이었다.

「이해하겠지, 중사? 비공식적으로는 모두들 자네를 지지하는 입장이지만 이건 공식적인 일이라구. 어쩔 수 없어.」

혹인 경사는 한손으로 손수건을 꺼내 이마의 땀을 훔쳤다.

「물론 이해는 할 수 있어. 하지만 자네가 날 체포하기 전에 한 가지 되새겨 봐야 할 일이 있어. 자네와 내가 한편이 되어 싸운 게 언제였지? 오늘 아침이었던가?」

「보란, 제발 날 좀 봐주게. 어찌됐건 난 경찰이야. 그것도 깜둥이 경찰이라구. 브러시 파이어 강력반 소속 경사가 두 번씩이나 적을 눈앞에서 놓쳐서야 어디 제대로 입에 풀칠이나 하겠어?」

필립스 경사는 애원이라도 하는 양 처량한 목소리로 말했다.

「빌, 여기 널브러져 있는 사내들이 누구인지 아나?」

보란은 어두운 눈빛으로 물었다.

「물론이야.」

필립스 경사는 힘없이 고개를 끄덕였다.

「저 차 안에 있는 사내도 알고 있나? 한번 가서 보라구.」

보란은 피를 뒤집어쓰고 있는 소형 승용차를 손가락으로 가리켰다.

「난 보고 싶지 않아. 내가 해야 할 일이 어떤 것인지는 나도 잘 안다구. 자네를 체포하는 거야.」

「그러지 말고 한번 봐.」

보란은 고집을 부렸다.

샌프란시스코 브러시 파이어 경찰서의 경관은 마지 못한 듯 열린 차창으로 얼굴을 들이밀었다.

순간 필립스 경사의 얼굴에 핏기가 싹 걷혔다. 그는 이빨 사이로 신음을 내뱉으며 고개를 빼냈다.

「이럴 수가! 매치슨 서장이 미스터 킹이었다니……!」

그는 머리를 떨구고 잠시 생각에 잠겼다. 그의 손에서 권총이 힘없이 미끄러졌다.

「좋아. 자네 좋을 대로 하게. 난…… 아무래도 경찰의 자격이 없나봐. 빌어먹을! 가보라구, 중사.」

필립스 경사는 그 자리에 주저앉아 두 손으로 머리칼을 쥐어 뜯었다.

보란은 그의 차가 있는 곳을 향해 잰 걸음으로 나아갔다. 그때 까지도 흑인 경사는 그 자리에 넋을 놓고 주저앉아 있었다.

보란은 측은한 마음이 들었다. 그는 필립스 경사가 느끼는 배신감과 절망감을 충분히 이해할 수 있었다.

맥 보란은 울적한 심정으로 시동을 걸었다.

아무튼 캘리포니아 주에서의 전투는 이제 그 대단원의 막을 내린 셈이었다.

## 20
### 새로운 전장으로

맥 보란은 가방 뚜껑을 소리나게 닫았다.

「왜 그렇게 서두르는 거죠?」

메리 칭은 침대 위에 앉은 채 보란을 물끄러미 쳐다보며 원망스럽게 물었다.

「내가 서두르는 이유는 당신 때문이 아니라 해야 할 일이 아직 남아 있기 때문이오.」

보란은 짐짓 무뚝뚝하게 대꾸했다.

「무슨 일인지 내가 알면 안 되나요?」

메리 칭은 시무룩하게 대꾸했다.

「개인적인 일이기 때문에 얘기할 수 없소.」

보란은 재킷을 걸쳤다.

「어디로 가실 생각이에요?」

「동부로.」

「우린 다시는 못 만나겠죠?」

「만날 기대는 하지 않는 게 좋소. 당신에겐 깁슨 경감이 있지 않소?」

보란은 가벼운 말투로 얘기하며 그녀의 기분을 풀어 주려 했다.

「깁슨 경감과는 아무런 사이도 아니란 걸 잘 알면서 날 놀리시는 건가요? 아무튼 당신은 그의 체면을 세워 주었어요. 아니, 그 이상의 큰 의미를 주었죠.」

메리 칭은 조용히 대꾸하며 보란을 올려다보았다.

「그럼.」

보란은 가방을 들고 문 쪽으로 걸어갔다.

「보란!」

메리 칭은 침대 시트를 옆으로 확 밀쳐내고 그에게 달려들었다.

보란은 실오라기 하나 걸치지 않은 동양 미녀를 정감 어린 눈빛으로 내려다보았다.

샌프란시스코 전투에서 가장 어려운 순간에 그에게 큰 도움을 준 여자에게 보란은 눈으로 감사의 뜻을 전했다. 그녀의 검은 눈동자가 촉촉히 젖어들었다.

「잘 있어요.」

보란은 끓어오르는 감정을 억누르며 조용히 말했다.

「또 창문으로 나갈 거예요?」

「아니오. 들어올 땐 그곳으로 왔으니 나갈 때만이라도 제대로 나가야지.」

보란은 엷은 미소를 머금으며 그녀의 부드러운 뺨을 살짝 꼬

집어 주었다.

메리 칭은 와락 보란의 품속으로 파고들었다. 보란은 그녀의 도톰한 입술에 자신의 입술을 덮었다. 긴 입맞춤이 이어졌다. 이별이란 살아 있는 사람이라면 누구나 겪어야 하는 아픔이었다. 이제 보란은 다시 고독한 행군을 강행해야만 했다. 결코 피할 수 없는 그의 운명이었다. 이 귀여운 중국 아가씨와는 언제 다시 만나게 될 것인가? 메리 칭의 눈에서 뜨거운 눈물이 소리 없이 흘러내렸다.

보란은 약해지려는 자신을 채찍질하며 운명의 부름에 따라 동부로 가기 위해 밖으로 나섰다.

전쟁에선 일단 이겨야겠지만 승리가 모든 것을 보상해 주지는 못한다. 한 사람의 군대가 엄청난 힘을 갖고 있는 적과 맞서 싸울 때는 더욱 그러했다.

지금 이 순간 보란은 세상에 홀로 살아갈 수 있는 사람은 아무도 없다는 진리를 새삼 통감하고 있었다.

만약 조나 캐롤에게 무슨 일이 생긴다면, 더구나 보란이 피츠필드에 나타나지 않는 이유 때문에 그런 일이 발생한다면 보란은 자신의 안일만을 위해 언제까지나 피츠필드를 피해 가며 살 수는 없는 노릇이었다.

보란은 운명을 거부할 생각은 추호도 없었다. 그 길이 아무리 험난하고 견디기 힘든 위험으로 가득 차 있다 하더라도 보란은 그 속으로 뛰어들어야만 했다.

그리고 맥 보란이 가는 정글에는 언제나 피할 수 없는 전투의 현장이 기다리고 있었기 때문에 결과를 놓고 본다면 그 어느 것이나 그에겐 마찬가지 길이라고 말할 수 있었다.

피츠필드.

그곳은 이제 단순히 고향의 의미만 지니고 있는 곳은 아니었다. 그곳은 보란이 가야 할 새로운 전장이었다.                    (끝)